FRANCIA

DELLO STESSO AUTORE
PRESSO LE NOSTRE EDIZIONI:

Il sermone sulla caduta di Roma
Balco Atlantico
Un dio un animale

IL PRINCIPIO

Jérôme Ferrari

IL PRINCIPIO

Traduzione dal francese
di Alberto Bracci Testasecca

edizioni e/o

Edizioni e/o
Via Camozzi, 1
00195 Roma
info@edizionieo.it
www.edizionieo.it

Titolo originale: *Le principe*

Grafica/Emanuele Ragnisco
www.mekkanografici.com

Foto in copertina: per gentile concessione degli eredi di Werner Heisenberg

Impaginazione/Plan.ed
www.plan-ed.it

ISBN 978-88-6632-720-2

IL PRINCIPIO

Il signore il cui oracolo è a Delfi
non dice né nasconde, ma fa segno.

ERACLITO, *frammento 93*

E Lui mi ha detto: Tra la parola e il silenzio
c'è un istmo in cui si trovano la tomba della ragione
e le tombe delle cose.

AL-NIFFARI, *Il libro delle stazioni*

Posizioni

Posizione 1: Helgoland

A ventitré anni, su quell'isolotto desolato in cui non spuntano fiori, per la prima volta le è stato dato di guardare oltre la spalla di Dio. Nessun miracolo, naturalmente, e in realtà niente che somigliasse da vicino o da lontano alla spalla di Dio, ma per riferire ciò che è successo quella notte possiamo scegliere soltanto, nessuno lo sa meglio di lei, tra la metafora e il silenzio. Per lei è giunto prima il silenzio, e lo stordimento di una vertigine più preziosa della felicità.

Non riusciva a dormire.

Seduto in cima a una scogliera aspettava che sul mare del Nord sorgesse il sole.

Oggi la immagino così, con il cuore che batte nella notte sull'isola di Helgoland, così vivido che potrei quasi toccarla, proprio lei, professore, il cui nome, perduto nel grigiore di un'interminabile bibliografia in mezzo a tanti altri nomi tedeschi, all'inizio indicava per me solo un principio strano e incomprensibile.

Da tre anni, a Monaco, Copenaghen e Göttingen, si dibatteva in problemi così tremendamente complicati che persino il giovanotto candido e ottimista che era allora dovette talvolta, come i suoi compagni di sventura, maledire il giorno in cui aveva avuto l'idea bislacca di impicciarsi di fisica atomica. Sempre di più gli esperimenti davano risultati non solo incompatibili con le conoscenze assodate della fisica classica, ma per giunta scandalosamente contraddittori, risultati assurdi eppure inconfutabili che impedivano di farsi un'idea o una qualche immagine un minimo sensata di ciò che succedeva all'interno di un atomo. Ma sull'isola di Helgoland, in cui era venuto con la faccia devastata dalle allergie per proteggersi dal polline e forse dalla disperazione, ha capito che il tempo benedetto delle immagini era tramontato per sempre, così come accade per il tempo dell'infanzia: ha guardato oltre la spalla di Dio e, attraverso la sottile superficie materiale delle cose, le è apparso il luogo in cui la materialità si dissolve. In quel luogo segreto, che non è neanche un luogo, le contraddizioni vengono abolite insieme alle immagini e alla loro familiare sostanza; in quel luogo non rimangono vestigia del mondo descrivibili nel linguaggio degli uomini, c'è solo la forma pallida dei matematici, silenziosa e temibile, c'è la purezza delle simmetrie, lo splendore astratto della matrice eterna, tutta l'inconcepibile bellezza cha da sempre aspettava di rivelarsi ai suoi occhi.

Senza la fede nella bellezza forse non avrebbe trovato la forza di condurre la sua mente, come l'ha condotta senza requie per tre anni, fino ai limiti estremi in cui l'esercizio del pensiero diventa fisicamente doloroso, ed era una fede così profonda che né la guerra né l'umiliazione della sconfitta né i sanguinosi soprassalti delle rivoluzioni abortite erano riusciti a far vacillare. Aveva dodici anni la prima volta che ha visto suo padre in divisa, e la punta metallica dell'elmetto deve averle evocato il pennacchio spaventoso degli eroi achei. Al momento della partenza, quando suo padre si è chinato per dare un bacio ai figli, cioè a suo fratello Erwin e a lei, Werner, non ha forse sentito un brivido per il soffio epico della Storia che davanti ai suoi occhi aveva trasformato il professor August Heisenberg in guerriero? Alla stazione gli addii, i canti, le lacrime e i fiori esprimevano qualcosa di più elevato della gioia ingenua o brutale, esprimevano la certezza di condividere un destino comune che esigeva si corresse il rischio di sacrificargli la vita perché era da lui che ogni vita individuale traeva valore e senso, esprimevano la sensazione esaltante di non essere altro che la parte materiale di un tutto spirituale e grandioso e, guardando partire suo padre e i suoi due cugini, forse ha rimpianto di essere troppo giovane per andare con loro. Ma il primo cugino è morto, e quando l'altro è tornato in licenza lei non l'ha riconosciuto.

Ha intuito allora qual è talvolta il prezzo del guardare oltre la spalla di Dio?

Poiché Dio, qualsiasi cosa indichi questa metafora, è anche maestro dell'orrore ed esiste una vertigine dell'orrore, forse più potente di quella della bellezza. È la vertigine che coglie gli uomini di fronte alle membra mozzate, al puzzo dei cadaveri fusi nell'argilla con grumi di vermi che colano dalle ferite come una pasta viva e l'occhio rosso dei topi annidati nell'ombra dei petti squarciati, e più ancora di fronte alla profondità degli abissi che ospitavano senza saperlo.

Nel tendere la mano verso il fucile durante le notti di trincea si riconosce un gesto arcaico, infinitamente più vecchio della Storia, un gesto primordiale e selvaggio la cui essenza non è stata alterata da granate, gas, carri armati, aerei e da tutti gli altri progressi della modernità, perché niente la altererà mai.

Correre a perdifiato, cadere di faccia guardando il proprio sangue scorrere a fiotti, aspettare con angoscia l'apparizione di tracce bianche di cervello. Ma c'è solo sangue, e il tenente Jünger si rimette in piedi e ricomincia a correre con il cuore traboccante di un'ebbrezza da cacciatore, aspettando l'estasi del momento in cui il volto del nemico sorto dalla terra apparirà nella sua nudità e avrà finalmente inizio la tanto desiderata lotta, amorosa e mortale, dalla quale uno dei due non si rialzerà.

Certe volte la vertigine dell'orrore somiglia a quella della bellezza. Facciamo parte di un tutto molto più grande di quel che pensavamo, più grande della mediocrità dei sogni di conforto e di pace, più grande delle nazioni in guerra, così smisuratamente grande che la tensione in cui tiene gli uomini può essere mantenuta solo spezzandoli. L'esaltazione e l'ebbrezza cadono di colpo, il velo si lacera, non rimane altro che correre ancora urlando il proprio terrore bestiale per fuggire dall'odiosa morte, per fuggire anche da quello che si è diventati, alla ricerca di un rifugio che non esiste da nessuna parte, e il tenente Jünger ritorna tremando nella trincea tedesca e con le lacrime agli occhi scrive sul suo taccuino: quando finirà, ma quando finirà dunque questa guerra di merda?

Forse nell'ebetismo che rendeva suo cugino irriconoscibile al ritorno dal fronte lei ha vagamente intravisto l'esistenza di cose che è meglio ignorare. Anche l'orrore può diventare oggetto di un desiderio irresistibile, come avevano imparato quelli che ne avevano appena provato la vertigine, cioè il tenente Jünger, suo cugino e forse suo padre, anche se non ne ha mai parlato. Ma lei, professore, come avrebbe potuto impararlo?

La guerra era finita.

La vita andava dolorosamente avanti con le sue angosce, i suoi innumerevoli lutti, le sue speranze e i suoi rancori, ma la bellezza tornava a essere visibile e i suoi occhi sapevano riconoscerla, come la dea, sotto l'infinita diversità delle sue forme mortali che lei amava tutte. La maggior parte degli uomini non ha questa fortuna indecente, spero che qualche volta le sia capitato di prenderne coscienza: sono sensibili solo a una o due forme di bellezza, e talmente ciechi a tutte le altre che non riescono neanche a concepirne la possibilità. Per il professor Ferdinand von Lindemann, che aveva accettato di riceverla all'università di Monaco, la bellezza era appannaggio esclusivo della matematica, e chiunque pensasse di studiarla con serietà, come lei gliene aveva appena espresso timidamente il desiderio, doveva essere penetrato dall'evidenza di quella verità eterna. Non stupisce quindi che, quando in un accesso di temeraria franchezza lei gli ha confessato che stava leggendo un libro di fisica, per giunta con l'orrido titolo di *Spazio-Tempo-Materia*, lui le abbia rivolto uno sguardo disgustato, come se le avesse appena visto addosso le stimmate di una malattia infame, e l'abbia dichiarata perso per sempre alla matematica, mentre il cane, un botolo acquattato sotto la scrivania a cui von Lindemann, nel corso di una lunga intimità, aveva misteriosamente trasmesso il proprio senso estetico, si metteva improvvisamente ad abbaiare per sottolineare anche lui la portata della sua ignoranza. Agli occhi di von Lindemann i fisici, fossero pure fisici virtuali diciottenni, non meritavano alcuna considerazione, non solo per il loro utilizzo notoriamente disinvolto e avvilente della matematica, ma soprattutto perché erano esseri degradati, talmente corrotti dalla frequentazione assidua del mondo sensibile da ammettere senza vergogna il loro interesse per una cosa disprezzabile come la materia.

Se von Lindemann non avesse reagito in maniera così epidermica e si fosse concesso il tempo di farle qualche domanda avrebbe dovuto ammettere di essere stato ingiusto con lei, perché in fondo neanche lei ha mai creduto alla materia. Nei suoi libri di liceo la raffigurazione degli atomi in forma di piccoli corpi solidi e rotondi, attaccati gli uni agli altri da compiacenti gancetti, le aveva subito fatto l'effetto di un'ingenuità o di un imbroglio, entrambe cose che nel dominio della conoscenza non possono essere perdonate. Nel momento in cui Franz Ritter von Epp entrava a Monaco alla testa dei corpi franchi del Württemberg per schiacciare la Repubblica bavarese dei Consigli, lei era sdraiato su un tetto nel tepore della primavera e trascurava i tumulti per leggere Platone, scoprendo come il demiurgo crei il mondo combinando un piccolo numero di forme geometriche primordiali. Malgrado la ripugnanza che all'inizio le ispirava quell'affermazione gratuita che si esprimeva con l'autorità arbitraria di una rivelazione profetica, piena di disprezzo per il paziente lavoro della ragione, non è riuscito a rimuoverla e ha finito, con un certo spavento, per riconoscere nei triangoli del *Timeo* l'espressione metaforica di una delle sue convinzioni più profonde, che non aveva mai formulato e ignorava persino quanto fosse profondamente sua: ciò che compone la sostanza del mondo non è materiale.

Il suo spavento si è placato o, al contrario, è cresciuto a dismisura quando ha capito quanto quell'immaterialità le fosse familiare? Non era forse nella sua misteriosa vicinanza che l'avevano sempre condotta la trasparenza delle forme matematiche, la musica e la poesia, le vette alpine che emergevano in pieno sole da un baratro di nebbia e tutti gli innumerevoli sentieri della bellezza? Era una cosa immateriale, eppure così tangibile che le era impossibile dubitare della sua realtà: aveva allontanato i fantasmi della guerra e ravvivato la sua gioia mentre ascoltava la ciaccona in re minore di Bach scaturire da un violino solitario nel cortile del castello di Prunn; aveva illuminato le rovine di Pappenheim sulle quali, solo per lei, era scesa una notte d'estate del 1920; e se lei non l'avesse già incontrata forse non l'avrebbe riconosciuta a Helgoland, dove era presente dappertutto, lungo le austere scogliere, nella monotonia della risacca e soprattutto, più splendente che mai, nelle matrici della nuova meccanica quantistica.

È tuttavia una presenza di cui non si può dire niente, che non può essere nominata.

A colui che rifiuta di risolversi al silenzio non resta che esprimersi per metafore.

Nel 1922 a Göttingen, quando Niels Bohr le ha rivelato, con compassione infinita, che la sua vocazione di fisico era anche una vocazione di poeta, non le ha detto niente che lei non sapesse già.

Ma guardi cosa succede: a esprimersi per metafore ci si condanna all'inesattezza, e se uno si rifiuta di confessarlo corre il rischio di essere bugiardo. Ho scritto che sull'isola di Helgoland, talmente desolata che non ci crescono fiori, lei, Werner Heisenberg, all'età di ventitré anni ha guardato per la prima volta oltre la spalla di Dio. Ma ora mi sento in dovere di precisare:

Non era la spalla di Dio.

E non era la prima volta.

Posizione 2: fuori casa, su un campo di rovine

La prego, non si vergogni. Non lei. Nel 1920 non è scappato di fronte al cagnetto del professor von Lindemann, ma di fronte al messaggero un po' grottesco e ripugnante, come sono sempre le creature demoniache, scelto dal destino per richiamarla brutalmente all'ordine e rimetterla sul cammino che era il suo, quello che non le era dato scegliere anche se correva il rischio di perdere l'anima in un imbroglio. Al seminario di fisica teorica di Arnold Sommerfeld nessuno le ha urlato rabbiosamente contro, nessuno l'ha guardata dall'alto in basso, nessuno ha cercato di umiliarla. Si sentiva a casa sua, luogo in cui io stesso ho avuto a lungo vergogna di seguirla, perché devo a lei l'aver conosciuto la peggiore umiliazione della mia vita.

Per quanto ne so, nell'ordine delle cose viene prima di tutto quello che si deve imparare. Le tradizioni, le leggi, la storia degli errori e dei trionfi. I lavori dei maestri amati, i vivi, i morti, quelli che vogliono sopravvivere in lei e quelli disposti a farsi superare da lei. È necessario prendere il proprio posto nella paziente costruzione di un edificio infinito, l'opera comune degli uomini, i vivi e i morti, forse con la speranza di lasciare qualcosa che sia degno di essere appreso. È necessario acquisire forza a sufficienza per andare a combattere quando il fuoco minaccia e bisogna ricostruire *ex novo* salvando ciò che può essere salvato.

Lei però ha cominciato a combattere su un campo di rovine.

Ha cominciato dal fuoco.

Nell'ambito da lei scelto niente poteva essere salvato. Tutti i tentativi di ricostruzione sfociavano in impalcature teoriche sbilenche e vacillanti che sembravano uscite dritte dritte dalle visioni mistiche di un demente, e tuttavia non era più possibile aggrapparsi a un passato ridotto in cenere. Da quando Max Planck aveva scoperto il quanto universale d'azione, quella funesta costante *h* che in pochi anni aveva contaminato le equazioni della fisica con la velocità maligna di un virus impossibile da debellare, la natura sembrava impazzita: incrinature discrete crepavano l'antica continuità dei flussi di energia, la luce brulicava di strane entità granulose, e allo stesso tempo, come se non bastasse, la materia si metteva a sfavillare selvaggiamente in un alone fantomatico di interferenze. Frontiere credute intoccabili si offuscavano per poi andare in frantumi. Uno stesso fenomeno, a seconda del dispositivo sperimentale cui veniva sottoposto, appariva sia come un'onda che come un corpuscolo, laddove ovviamente non c'è niente al mondo che possa essere le due cose insieme e, più il tempo passava, più diventava chiaro che quello spaventoso dualismo non era affatto un'eccezione ma la regola, una regola di cui nessuno capiva niente. Rimaneva solo la disperante certezza che l'atomo non è un sistema solare in miniatura dentro il quale simpatici elettroni percorrono serenamente la propria orbita intorno a un nucleo bonaccione: l'atomo trasformava in incubi tutti i sogni, anche i più venerabili, quelli di Leucippo e di Democrito, quelli di Anassagora, quelli di lord Rutherford, era un concentrato di nonsense ed eresia, una palude in cui la ragione si impantanava, eppure era su quella palude che bisognava costruire una nuova dimora in cui fosse ancora possibile vivere.

La sacra trasmissione del sapere, posto che fosse rimasto qualcosa da trasmettere, aveva quindi smesso di essere una priorità per Arnold Sommerfeld. In quelle circostanze eccezionali non bisognava più considerare gli studenti soltanto dei novellini, ma trattarli, se non da colleghi, almeno da ausiliari di cui era necessario mobilitare le forze, pur vacillanti e incerte, per far fronte alla catastrofe. Così, senza più attendere una massa di risultati sperimentali, Arnold Sommerfeld le ha confidato la parola del signore di Delfi che non dice e non nega raccolta nei laboratori da innumerevoli Pizie, una parola silenziosa fatta di bruschi scintillii, sottili goccioline che illuminano la nebbia, strisce spettrali strappate dal fondo segreto delle cose che lei aveva la missione di esplorare per stanare regolarità matematiche dalle quali forse sarebbe sgorgato il miracolo del senso e sarebbe finito il caos, ma nel frattempo Sommerfeld le assicurava, senza la minima traccia d'ironia, che era un esercizio divertente quanto le parole crociate e, *en passant*, per colmare le sue lacune in fisica, la rimandava al suo condiscepolo Wolfgang Pauli.

Probabilmente anche l'amicizia è un enigma, sempre che di amicizia si possa parlare. Pauli era estremamente brillante e, non essendo la modestia la sua principale virtù, non si abbassava a fingere di ignorare il proprio valore e neanche a supporre, fosse pure per semplice cortesia, che altri, a cominciare da lei, potessero non esserne del tutto sprovvisti. Pauli concedeva che in quei tempi di fuoco e rovina una totale ignoranza della fisica potesse tornarle utile, perché almeno non avrebbe avuto la mente ingombra di conoscenze divenute ormai superflue, quindi a rigor di logica non era da escludere la microscopica possibilità che un'idea nuova germogliasse per miracolo in quel suolo incolto, e lei si chiedeva se fosse sincero o la stesse prendendo in giro, perché Pauli non risparmiava nessuno, nemmeno Sommerfeld che, con una certa insolenza, paragonava a un colonnello degli ussari in pensione, infischiandosene completamente del timore che poteva suscitare in lei quell'irriverenza. La sera, però, Pauli cercava di ritardare il più possibile l'ora di andare a letto per non ritrovare i sogni che lo perseguiteranno tutta la vita e che ancora non aveva cominciato ad annotare per consegnarne poi il resoconto alla sagacia del dottor Jung. Tutte le notti vagava tra il tavolo da lavoro e inquietanti luoghi di perdizione dove lei non avrebbe mai messo piede, da un vicolo cieco all'altro fino a che lo sfinimento lo riportava, come noi tutti, a ciò che voleva sfuggire, i sogni spietati da cui nessun abbraccio amoroso può salvarci.

In quei sogni che la luce grigia dell'alba avrebbe reso ancora più terribili non incontrava mai la madre né i fantasmi intimi della sua infanzia.

Con terrore, Pauli guardava su alte lavagne, in un immenso anfiteatro deserto, cancellarsi equazioni che avrebbe dovuto capire e sapeva che non avrebbe rivisto più, e per quanto si sforzasse di inciderle nella memoria gli rimaneva solo il ricordo confuso di segni muti che il nulla si era ripreso, come se un dio perverso gli avesse rivelato i segreti dell'onniscienza per il solo piacere di strapparglieli per sempre.

Dalla bocca di pietra di severi pontefici piovevano massime inette in tutte le lingue del mondo, che lui non voleva sentire.

Lunghi cobra dorati serpeggiavano nella polvere sotto la luce vibrante delle stelle, e lui guardava i frutti marcire sui rami dell'albero della conoscenza.

Nel primo pomeriggio la raggiungeva all'università, dove lei si era recato la mattina molto presto mentre lui gemeva ancora nel letto. Le rivolgeva un saluto affettuoso e disinvolto lasciandosi dietro una scia di alcol, tabacco e donne perdute, tutte cose che per lei esistevano solo nella forma evanescente di odori. Era un ragazzo così totalmente e terribilmente sano, lei! Un boy-scout avido di spazi aperti e schietto cameratismo, talmente pieno di entusiasmo e ingenuità da immaginare che insieme agli amici di uno dei movimenti della gioventù stesse lavorando all'avvento di un mondo migliore, come se le scampagnate, il buonumore dell'ascesi virile intorno a un fuoco da campo e un'impeccabile igiene di vita bastassero a riscattare il mondo. Insomma, le piaceva tutto ciò che mi è estraneo, che non capisco, e già questo sarebbe dovuto bastarmi per detestarla, anche se in questo giorno di giugno del 1989, mentre il giovanotto in cui mio malgrado devo riconoscermi aspetta che lo chiamino per sostenere l'ultimo esame orale di fine anno, ancora ignoro la portata dell'umiliazione che sto per subire a causa sua.

Ho appena saputo che dovrò commentare un brano di *Fisica e filosofia*, che naturalmente non ho letto, troppo occupato com'ero a prolungare indefinitamente la mia crisi adolescenziale abusando di *coldwave* inglese e incenso. Ho di fronte a me il suo libro. La copertina, di una bruttezza così radicale che non può non essere stata premeditata, rappresenta un abominevole poligono arancione su fondo nero, come se gli editori, temendo che la fisica quantistica non sia sufficientemente ripugnante in sé, avessero voluto scoraggiare gli ipotetici compratori con ogni mezzo, compresi i più sleali, sempre che non abbiano considerato la bruttezza un'indiscutibile garanzia di serietà scientifica.

Sento il candidato che mi precede balbettare a fatica, ne vedo la schiena tremante, il capo chino, e vedo di fronte a lui la giovane docente che lo ascolta con un sorriso un po' contratto, tamburellando meccanicamente con le dita sul tavolo. La trovo bella, rimpiango di non essere andato neanche una volta in tutto l'anno al corso che le ha dedicato, ma in quel momento i miei pensieri non vanno a lei, professor Heisenberg, più probabilmente si abbandonano alla vaghezza di sciocche idee erotiche, e non ho paura. Ho imparato a commentare testi che non ho letto e non capisco, in fondo è l'unica competenza indiscutibile che ho acquisito al termine di quattro anni di studi. Qualche articolo divulgativo, un'impeccabile parure metodologica e una spudorata arroganza mi hanno finora permesso di mascherare la mia povertà intellettuale. Così so che dobbiamo a lei il principio di indeterminazione, il quale se non sbaglio afferma che non si può conoscere simultaneamente la posizione e la velocità di una particella elementare, e so anche che, nella controversia che ha opposto a lungo i fisici degli anni Venti per ragioni che mi sfuggono e mi sono indifferenti, lei era, con Niels Bohr e Wolfgang Pauli, avversario di Einstein, Schrödinger e del principe de Broglie, e questo magro bagaglio mi pare più che sufficiente per affrontare la giovane professoressa che proprio adesso mi sta facendo segno di avvicinarmi. Vado avanti con l'incrollabile soddisfazione dell'ignoranza, perché in fondo non so niente, non la conosco, non voglio venire da lei su un isolotto desolato, lei per me è ancora soltanto un nome tedesco in mezzo a un'interminabile lista di nomi tedeschi, non so niente delle angosce e delle ebbrezze della vita della mente, divido accuratamente i testi in parti e sottoparti, come tagli di macelleria, fino a quando non resta più niente di vivo, non conosco i suoi indimenticabili momenti di grazia di fronte al mare del Nord e non so ancora che gli indimenticabili momenti di grazia non risolvono tutto.

Appena intravista, la luce sparisce.

Eppure quando ha mostrato a Pauli i risultati dei calcoli fatti a Helgoland lui non li ha accolti come elucubrazioni di un povero di spirito, si è addirittura spinto a giudicarli "interessanti", il che, detto da qualcuno che aveva definito gli enunciati di Einstein "non del tutto idioti", doveva essere interpretato come una straordinaria manifestazione di entusiasmo. Lei aveva appena compiuto, ne era convinto, un passo decisivo sull'unico cammino ancora percorribile, l'unico che conducesse all'uscita dello spaventoso labirinto in cui da anni si aggirava triste. Bastava rinunciare alle domande insolubili, quelle che portavano a una realtà fisica che nessuno poteva osservare né concepire, dimenticare tutte le storie di onde, corpuscoli, orbite e traiettorie, liberarsi dolorosamente della nostalgia delle immagini per superare d'un balzo l'abisso e rifugiarsi nelle forme matematiche, perché è lì che da sempre risiede la ragione, ed era di nuovo la notte estiva nel cortile del castello di Prunn, quando un violino solitario sprigionava le note della ciaccona che l'avrebbero strappata al suo dolore rivelandole che il mondo non era soltanto il caos che sembrava essere, quel grande corpo smembrato con i suoi morti inutili, le sue anime disorientate, le sue speranze vane, le sue rovine, il rancore e la collera inestinguibili, l'umiliazione dei diktat, ma era ancora possibile avere fede in ciò che lei non chiamava più Dio, bensì un ordine centrale all'interno del quale ogni cosa occupa il proprio posto. Sì, professore, aveva trovato la strada giusta, l'unica, era una certezza, e probabilmente per un attimo non ha dubitato che sarebbe riuscito a convincere la comunità dei fisici.

Ma naturalmente niente è andato come lei desiderava.

Einstein, quando lei gli ha spiegato le bizzarrie della sua meccanica matriciale, l'ha accusata, non senza qualche ragione, di trascinare la fisica su un terreno pericoloso abbandonando l'ideale che da sempre l'aveva caratterizzata, cioè la descrizione oggettiva della natura. Poco dopo, in quello stesso anno 1926, Erwin Schrödinger ha elaborato un'ipotesi che esprimeva una speranza irragionevole e che probabilmente a lei è parsa una spaventosa regressione: si trattava di considerare che gli elettroni non erano mai stati particelle, ma onde, onde stupide che certe volte si davano arie da particelle. A sostegno delle proprie parole Schrödinger proponeva, per descrivere l'evoluzione di quelle onde di materia, una magnifica equazione differenziale che dava conto dei risultati sperimentali bene quanto le sue severe matrici, ma in maniera infinitamente più semplice e familiare, sollevando l'entusiasmo di una comunità scientifica felice di rivedere finalmente, dopo anni di erranza nella tormenta quantica, le sponde del paradiso che un dio geloso le aveva sottratto. Persino Arnold Sommerfeld, il professore che lei ammirava tanto, sembrava pronto a soccombere ai canti malefici delle sirene ondulatorie, e per quanto lei obiettasse che la teoria di Schrödinger, pur seducente, contraddiceva fatti accertati, nessuno la ascoltava, tutto si sarebbe risolto molto in fretta, era evidente, lei veniva addirittura sospettato apertamente di nutrire bassi rancori, di focalizzarsi su dettagli senza importanza per pura invidia, deluso di dover rinunciare alle sue divagazioni quantiche. Nessuno è al riparo dalle passioni meschine ed è molto possibile che lei si sia sentito effettivamente ferito nell'amor proprio, ma ciò che la motivava più di tutto era la convinzione che bisognava rinunciare per sempre, per quanto doloroso potesse essere, alle rappresentazioni intuitive dei fenomeni atomici: Schrödinger e tutti gli altri si sbagliavano, abbracciavano vane chimere rese irresistibili dal desiderio e dalla nostalgia, niente di più, ma senza saperlo vagavano ancora nel labirinto pieno di mostri ai confini di una terra selvaggia, una terra ostile che avrebbero dovuto addomesticare perché non li avrebbe mai lasciati scappare e loro non avrebbero più ritrovato il paradiso perduto.

Posizione 3: nella camera a nebbia

I dati del problema sono semplici e disperanti: in una camera di Wilson si può visualizzare la traiettoria degli elettroni sotto forma di goccioline condensate nella nebbia, ma qualunque sia il quadro teorico scelto, quello della meccanica quantistica o quello di Schrödinger, è impossibile, senza cadere in temibili contraddizioni, supporre che gli elettroni seguano effettivamente una traiettoria.

Si vede dunque qualcosa la cui esistenza è palese e che tuttavia non dovrebbe esistere.

Lei sapeva che tutti gli altri sbagliavano, e lo sapevano anche Niels Bohr e Wolfgang Pauli, ma la spietata camera a nebbia la privava del lusso di credere di aver risolto tutto e considerarsi un povero genio incompreso. Oh no, gli indimenticabili momenti di grazia non risolvono tutto, e ogni progresso genera una nuova delusione più crudele delle precedenti. A una teoria incompleta lei aveva da opporre soltanto una diversa teoria altrettanto incompleta. Poteva solo denunciare errori che non aveva modo di correggere raggiungendo Niels Bohr a Copenaghen, dove costui aveva invitato Schrödinger per fargli capire che, nonostante il considerevole progresso matematico rappresentato dalla sua funzione d'onda, niente era sistemato a livello della realtà fisica, e Bohr ha effettivamente passato giornate intere a cercare invano di farglielo capire, senza dare a Schrödinger un secondo di tregua. Lo ospitava a casa sua per essere sicuro che non scappasse e poterlo torturare a piacimento, e aggrediva il poveretto fin dal mattino, sulla soglia della camera da letto, per informarlo delle obiezioni che aveva concepito durante la notte, mettendolo alle strette con un'ostinazione furiosa da fanatico, tallonandolo fino al tavolo della colazione, continuando a dirgli con voce supplichevole attraverso la porta del bagno che l'elettrone, anche se manifestava comportamenti ondulatori, non poteva in nessun caso essere considerato soltanto un'onda, implorando Schrödinger di ammetterlo, e lo inseguiva tutto il giorno dal salotto alla scrivania, l'avrebbe inseguito fin dentro i sogni, tanto che Schrödinger, dopo aver rimpianto amaramente, come a quanto pare era la regola dell'epoca, di aver un giorno preso la stupida decisione di studiare fisica, per sfuggire al carnefice non aveva trovato altra soluzione che ammalarsi, cosa che non è servita a molto perché Niels Bohr si è messo ad assediare il suo capezzale, afferrandogli le maniche del pigiama per strapparlo alla dolce sonnolenza del moribondo con una tale inflessibile cocciutaggine da rendergli probabilmente auspicabile la prospettiva di morire. Quando Schrödinger è riuscito a fuggire dalla galera danese, Bohr ha cominciato sistematicamente a torturare lei. Le poneva continue domande volteggiandole intorno come un uccello da preda in una nauseante aura di tabacco, rigirava i problemi in tutti i sensi con smorfie da posseduto fino a farli diventare totalmente incomprensibili, la esasperava, le impediva di dormire, le impediva di pensare, lei non lo sopportava più, scoppiava a piangere alle tre del mattino supplicandolo di lasciarla in pace, e ha accolto la decisione di Bohr di andare a sciare in Norvegia come un'insperata liberazione: non è escluso che di sfuggita gli abbia augurato in cuor suo di rompersi una gamba, o magari tutte e due, per poi rimproverarsi subito dopo la durezza di cuore, visto che lo amava come un padre. Ma era necessario allontanarsi dal padre per ritrovarsi solo e smarrito di fronte alla camera a nebbia di Wilson con occhi da orfano fissi sulla traiettoria che non dovrebbe esistere.

Ritornava continuamente lì, le era impossibile farne a meno, il sapore indigesto della realtà le dava la nausea, e anche il pensiero che da quel punto di vista Schrödinger, con le sue onde stupide, fosse incapace quanto lei di spiegare un fenomeno così semplice non le forniva alcuna consolazione.

Ma Dio, che in assenza di Bohr si ricordava di essere misericordioso, le ha permesso un'altra volta di guardare oltre la sua spalla. E lei ha capito.

Nella camera a nebbia non si osservava, e in realtà non si era mai osservata, la traiettoria di un elettrone. Si vedevano soltanto tracce puntiformi di gocce di condensazione, nient'altro, ed era la mente umana, vittima di una routine plurimillenaria, che collegava quelle tracce fra loro in un'illusione di traiettoria continua, non diversamente da come i bambini collegano con attenzione i puntini numerati negli album da disegno per far apparire streghe, draghi e chimere.

Doveva ancora imparare a vedere al di là delle evidenze, spogliarsi di tutte le abitudini che la tenevano prigioniero: da qualche parte, perso nell'immensità cosmica della gocciolina, si trovava l'elettrone. Impossibile dire dove si situasse esattamente. Un po' più in là segnalava di nuovo la sua posizione approssimativa, ma in fondo non era neanche consentito pensare che fosse lo stesso oggetto a lasciare tracce del suo passaggio nella nebbia. C'era solo una successione di singoli eventi, il lampo di esistenze furtive che illuminavano la notte prima di spegnersi. Nient'altro. Lei aveva visto. Non c'era più niente da vedere. Nessuna permanenza. Nessuna continuità. Nessuna traiettoria, solo un esercito di spettri esangui che attraversavano la camera di Wilson a una velocità indeterminata incarnandosi vagamente per imprimere nella bruma l'impronta dei propri evanescenti contorni.

Questo è il suo principio.

Io però, decenni dopo, riesco solo a ripetere: stando al principio di indeterminazione di Heisenberg, in fisica quantistica non si possono conoscere simultaneamente posizione e velocità di una particella elementare, e so che tutto sta andando malissimo, la giovane professoressa ha smesso di sorridere, le punte delle sue lunghe dita tamburellano sul tavolo al ritmo sfrenato della sua esasperazione e le sottili rughe all'angolo delle palpebre mi rituffano nel momento meno opportuno in immagini erotiche da cui non riesce a tirarmi fuori neanche il terrore che sto cominciando a provare. La donna sospira e si passa lentamente le mani sul viso. Noto che non ha la fede, è l'unica cosa che mi viene in mente mentre so che la mia sorte è segnata, ne sarei sicuro anche se la collera dell'esaminatrice non mi facesse capire che mi sto arrampicando sugli specchi, perché i suoi editori, professore, sono stati così raffinati da sabotare la confezione del suo libro in modo che non soltanto risulti odioso, ma sia impossibile da maneggiare, come ho appena sperimentato personalmente: durante la breve spiegazione del testo la rilegatura si è rotta con un piccolo rumore secco e le pagine si sono coraggiosamente staccate e sparse sul tavolo, apportando la prova inconfutabile che l'opera da cui si sono appena dissociate non è mai stata aperta prima di oggi. La professoressa mi fa segno di tacere, è stanca di sentirsi propinare la mia misera minestra, frutto di una cucina abietta di cui padroneggio a fondo le disprezzabili ricette, ammette che quel che dico non è pessimo, non è neanche sbagliato, no, è solo l'insipida zuppa positivista che le dà la nausea per quante volte le è stata servita, non faccio altro che trasformare in un vago precetto di limitazione della conoscenza ciò che in realtà è una terribile sentenza di dissoluzione, e la donna continua a darmi addosso, e non si fermerà finché non mi sarò anch'io dissolto nell'accecante chiarezza di una nebbia luminosa. Vorrei essere a casa, in camera mia, steso accanto alla ragazza che viene a trovarmi dopo che ho spedito mia madre a fare la spesa facendole promettere di non tornare troppo presto, richiesta che soddisfa ogni volta, tutta contenta di essere l'organizzatrice occulta della mia vita sessuale, rivolgendomi un sorriso divertito e complice che mi fa vergognare, mi vergogno, ho mal di pancia, vorrei essere di nuovo lontano da lei, professor Heisenberg, come lo sono sempre stato.

Sono così lontano da lei.

Non la conosco, non conosco la Baviera, le vette alpine sotto il sole invernale e il castello del principe di Danimarca in riva al mare grigio, la natura mi fa paura, mi disgusta, e quando ascolto la partita per violino solo non sento elevarsi il richiamo di nessun ordine centrale, ma solo gli accenti di una tristezza che niente è in grado di consolare, come se la vita piangesse sulla sua stessa fragilità con tutte le proprie forze inutili e profonde. Sono lontano dalle sue battaglie, dalla sua spossatezza, lontano dalle lacrime che Niels Bohr, tornato dalla Norvegia, le fa di nuovo versare nella notte con domande e obiezioni crudeli, con un'intransigenza sadica intenzionata a capire il principio appena scoperto da lei, rifiutandosi di farla riposare finché lei stesso non l'avrà capito pienamente e formulato nel linguaggio degli uomini.

Sono lontano dalle sue insonnie, dai suoi attacchi d'odio, dalla sincerità dei suoi rimorsi quando scrive a Niels Bohr per chiedergli di perdonarle la sua intransigenza puerile, la debolezza dei suoi nervi scoperti e soprattutto la sua ingratitudine, perché lei lo amava come un padre che fin dal vostro primo incontro a Göttingen non ha mai smesso di insegnarle, o per meglio dire di mostrarle, cosa significhi pensare, e senza di lui lei non avrebbe mai saputo che il pensiero non ha niente a che vedere con i calcoli, la logica o le parole crociate, ma in verità è un sortilegio di velocità e potenza, e anche di crudeltà, dolore ed estasi, una ferita aperta che ci si accanisce a scavare.

Ho difficoltà a capire cosa significhi pensare, ho difficoltà a capire anche solo il linguaggio degli uomini al di là del quale si estende il suo principio, ma poiché è nel linguaggio degli uomini che esso va espresso faremo così: la velocità e la posizione di una particella elementare sono coniugate in modo tale che ogni precisione nella misurazione dell'una porta con sé un'indeterminazione proporzionale e perfettamente quantificabile nella misurazione dell'altra.

Se scegliamo di determinare esattamente la posizione, la nostra ignoranza della velocità diventa letteralmente infinita, il che non significa che quella velocità esiste e noi non la conosciamo, ma piuttosto che il concetto di velocità è privo di un senso preciso.

Se determiniamo la velocità, a diventare vaga è la posizione, come se l'elettrone si espandesse nello spazio per occuparlo interamente, fin negli angoli più riposti.

La velocità e la posizione sono quindi entità puramente virtuali che acquistano una maggiore o minore realtà oggettiva solo nel momento in cui vengono misurate, e mai insieme.

Ma ciò che il linguaggio degli uomini esprime tanto goffamente si rende di colpo comprensibile in un'equazione talmente semplice e concisa da mascherare la propria tossicità. Molto prima di assumere la forma delle disuguaglianze matematiche a cui deve la propria incomparabile bellezza, infatti, il principio consiste innanzi tutto nella sua personale convinzione, professor Heisenberg, che non raggiungeremo mai il fondo delle cose, non per una maledizione o per la debolezza delle nostre facoltà, ma per la ragione definitiva e radicale che, subito prima di congedarmi, mi viene rivelata dalla giovane docente protesa verso di me sul tavolo che mi protegge dal suo furore e dalla sua indignazione: perché le cose non hanno fondo.

Posizione 4: tra il possibile e il reale

Negli elenchi bibliografici, così come sui monumenti ai caduti, i nomi finiscono per trasformarsi in menzogne che nascondono quello che dovrebbero indicare. Non hanno età né faccia, quindi non mi ero reso conto di quanto lei fosse giovane prima di aver visto la foto del 1920, scattata forse quando ha partecipato al seminario di Sommerfeld. Sembra appena uscito dall'infanzia, ed è vero che ha un'aria da boy-scout, ma il sorriso candido che le illumina il viso esprime una fiducia nella vita così degna d'ammirazione da farmi ogni volta dimenticare tutto ciò che mi allontana da lei. È una fiducia spontanea, totale, senza arroganza né millanteria, impossibile da deridere, e sembra dover preservare per sempre quella giovinezza che ritroviamo intatta, dieci anni dopo, all'università di Lipsia, quando solo la fascia nera che indossa per la morte di suo padre la distingue dai suoi studenti, o a Bruxelles, nella foto di gruppo del Congresso Solvay del 1927. Lei non è seduto in prima fila accanto ad Albert Einstein, Marie Curie e Max Planck, ma più modestamente in piedi, dietro, un po' impacciato e confuso, a fianco di Pauli che sembra guardare Schrödinger di traverso. Eppure al centro di tutti i dibattiti c'è proprio il suo principio: ogni mattina al tavolo della colazione Einstein presenta l'esperimento che ha immaginato durante la notte per confutarlo e che dovrebbe dimostrare la possibilità almeno teorica di determinare esattamente sia la velocità che la posizione di una particella. Ogni sera, dopo una lunga giornata di riflessioni nel corso della quale ha come al solito rigirato il problema in tutti i sensi fino a sfinire completamente gli interlocutori, Niels Bohr espone la falla che ha scoperto nel ragionamento di Einstein e salva il principio fino all'indomani mattina, perché Einstein, appoggiato da Schrödinger e da Louis de Broglie, non demorde.

Non demorderà mai.

Ciò non ha niente a che vedere con un disaccordo tecnico o un problema di formalismo matematico. Paul Dirac, ancora più giovane di lei, ha dimostrato che la meccanica matriciale è matematicamente equivalente alla meccanica ondulatoria di Schrödinger, e quindi che esprimono entrambe la stessa cosa, come se fossero traduzioni in due lingue diverse di un testo unico e misterioso, la parola del signore di Delfi che non dice e non nega, la cui matematica è anch'essa una sottile metafora. Lei ha cominciato dalla battaglia, ha cominciato dal fuoco, mentre io, in questa estate del 1989 passata al mare in casa di mio padre, dove metto al riparo i brandelli sanguinanti del mio amor proprio cercando bene o male di capire la cosa che mi ha procurato la peggior umiliazione della mia vita, scopro che invece di spegnere il fuoco lei l'ha propagato come un selvaggio fino a farlo diventare un immenso incendio che ha devastato allegramente il Sancta Sanctorum e consumato nelle sue fiamme voraci tutti gli ideali sacri della scienza, esattamente come Einstein le aveva annunciato a Berlino nel 1926.

Com'era giovane! Di quella giovinezza da conquistatori e da assassini.

Scrive al suo amico Carl Friedrich von Weizsäcker di aver refutato la legge di causalità, lei per primo stenta a crederci, e nell'enormità della confidenza fatta a un ragazzo di quindici anni che la ammira e sogna di seguire le sue orme c'è una miscela di terrore sacrilego, disinvoltura e fierezza. Ha ragione a essere spaventato, ha fatto molto di più che refutare la causalità, ha pronunciato con il candore omicida della giovinezza una sentenza di dissoluzione che trasforma i componenti ultimi della materia in creature del limbo, più pallide e trasparenti di fantasmi, povere cose senza qualità, talmente prive di tutto da diventare inesprimibili, scarne promesse di cose perse da qualche parte tra il possibile e il reale in attesa che lo sguardo degli uomini si giri verso di loro e le chiami a esistere. Lo sguardo dei fisici, infatti, ormai non è altro che uno sguardo di uomini che instilla il veleno della soggettività in tutto ciò che sfiora. Non sarà mai quello di Dio. Non verranno svelati i piani del vecchio, si può appena aspirare a gettare uno sguardo furtivo oltre la sua spalla, ed è quello che Einstein non riesce a sopportare. Né lui né Schrödinger né de Broglie accettano di rinunciare alla speranza irragionevole e magnifica che è stata la ragione d'essere della ricerca, a lungo perseguita, di arrivare un giorno alla descrizione oggettiva del fondo segreto delle cose, e non ammettono che per colpa sua quella speranza venga abolita e non possa neanche sussistere a titolo di ideale, perché le cose non hanno fondo e il principio instaura tra loro e noi un limite invalicabile, un istmo al di là del quale si estende l'ineffabile nulla.

Era una battaglia onorevole, una battaglia necessaria, e anche se il futuro ha continuato a darle ragione molto tempo dopo che siete morti tutti, ho spesso voglia di rimproverarle di aver pensato fin dall'inizio, con la disinvoltura e l'ingenua arroganza della giovinezza, che fosse una battaglia persa, ma non lo faccio, anzi rimpiango di averla ritenuta disinvolto, perché non lo era affatto, così come non era ingenuo, al contrario, era talmente poco ingenuo da non riuscire a credere che tutta la realtà del mondo si sarebbe un giorno lasciata ammansire dai concetti familiari del linguaggio degli uomini, sapeva che ci sarebbe stato bisogno di arrivare alla crudele necessità di esprimere, come fanno i poeti, ciò che non può essere espresso e dovrebbe essere taciuto. Lo sapeva, in fondo l'aveva sempre saputo, molto prima che Niels Bohr glielo ricordasse a Göttingen in quel meraviglioso pomeriggio del 1922 durante il quale ha passeggiato per la prima volta al suo fianco sotto un limpido cielo primaverile, meravigliato che si aprisse in quel modo con lei nonostante la sua insignificante giovinezza, come se foste già legati dalla reminiscenza di un'intimità molto più antica di quell'incontro. Lei lo seguiva ascoltandolo con passione nella parte alta della città e oltre, fino a quel luogo di cui da tempo presumeva l'esistenza, che non è neanche un luogo e se ne può parlare, come si impegna a fare Niels Bohr con un rigore inquieto, febbrile, quasi malato, solo con un turbinio di metafore, alternando immagini parziali e inesatte, senza temere di contraddirsi perché lì, dice Bohr, il contrario di una verità profonda è un'altra verità profonda. Lì, dice anche, nessuno può essere chiaro e preciso insieme, e ora capisco perché mi sono fatto trarre in inganno dalla chiarezza ingannevole dei suoi testi, fidandomi stupidamente di esempi semplici che lei fornisce solo per restringerne la pertinenza e la validità. Lei non afferma niente che alla fine non torni a contestare, in un incessante movimento fatto di salti, ripiegamenti e prospettive di colpo rovesciate. È faticoso seguirla in quelle circonvoluzioni che distorcono il linguaggio in tutti i sensi con una serietà tanto più improntata a pia compassione in quanto sa di portare avanti un compito impossibile: far dire alle parole ciò che non può essere detto e che tuttavia deve essere detto. A lungo l'ho sospettata di indecisione cronica per aver battezzato e sbattezzato il principio con un'incoerenza esasperante, come per aggiungere confusione, esitando tra "incertezza", "indeterminazione" e quel termine tedesco, chiaramente impossibile da tradurre, che significa assenza di limpidezza, povertà di dettagli di una foto mediocre di cui non si sa se è venuta male per colpa di un difetto della messa a fuoco o perché pretendeva di fissare i tremiti fugaci di un oggetto senza contorni, appena esistente. Ma ancora una volta avevo torto. Da tempo gli uomini, per colpa dei loro peccati, hanno perso il privilegio di leggere sulla superficie delle cose il loro vero nome, che ormai rimane nascosto, e forse le era impossibile scegliere un termine univoco.

Forse aveva bisogno di quella successione di termini contraddittori affinché diventassero veri tutti insieme nella dissonanza della loro misteriosa comunione.

Oh, sono cose difficilissime da capire, soprattutto quando non si è fatto altro che ascoltare *coldwave* e spedire il più spesso possibile una madre troppo compiacente a fare la spesa per poi ritrovarsi da solo con la ragazza il cui ricordo mi impedisce di lavorare e mi allontana ancora di più da lei, professor Heisenberg, durante l'estate del 1989, perché rivedo quella ragazza nuda e inaccessibile venire verso di me come se arrivasse da molto lontano, malgrado camera mia fosse piccola, e la guardo avanzare, è una camminata interminabile, perché grazie a Dio la posizione non è ben determinata, e la guardo ancora quando già mi rannicchio tra le sue braccia, cammina senza vedermi, come se non esistessi, come se non venisse verso di me ma scendesse a fare il bagno nuda sotto le stelle della notte d'agosto nella frescura di un fiume sconosciuto mentre io la osservo non da un materasso da adolescente buttato per terra, ma nascosto sotto pesanti fronde profumate che oscillano alla brezza, con il cuore che mi batte forte, e quando mi raggomitolo contro di lei guardandola ancora camminare all'infinito so che non dimenticherò mai quel momento in cui l'esistenza della mente diventa più tangibile, più incontestabile di quella della carne, nella trasparenza della carne stessa. Quanto dovrei sentirmi più vicino a Schrödinger che a lei, che arde di febbre astratta. A Schrödinger piacevano le donne, gli piacevano al punto da edificare sulle fondamenta di quell'amore instancabile tutta una visione del mondo, perché intuiva, per averlo sperimentato più volte, che anche la carne è un'onda vibrante.

Ma cosa ne sa lei, con i suoi amori infelici, i suoi poveri amori spettrali tanto a lungo condannati a infestare le brume tese tra il possibile e il reale?

Lei segue le tracce fragili di Adelheid von Weizsäcker che scivola come un fantasma per le vie di Berlino, sa che c'è appena passata e le è sfuggita ancora, perché tutto ciò che la ragazza ha illuminato è tornato a essere smorto e grigio. Con l'intransigenza mistica delle sue passioni, quella febbre astratta che la consuma e la esilia, ha spaventato Adelheid e tutta la famiglia, a cominciare dal suo amico Carl Friedrich. Pretende troppo, la sua esigenza è smisurata, vorrebbe che ogni dichiarazione d'amore fosse un'epifania che trasforma il mondo da cima a fondo, come durante la notte di Pappenheim, e schiudesse una nuova via verso la bellezza invisibile dell'ordine centrale, ma nessuno la capisce.

Scrive a sua madre che il destino le nega la felicità.

Tutto le sfugge.

Le viene lasciata solo la triste gioia delle cose impalpabili, il ricordo di una mano sfiorata, la promessa di un viaggio che non c'è mai stato, il fruscio impercettibile di stoffe lontane, l'odore di fiori appassiti e tutte le strade grigie delle tante città che Adelheid non ha illuminato con la sua presenza. La febbre astratta si diffonde, invade tutto. La sentenza di dissoluzione da lei pronunciata si abbatte sulla sua stessa vita. Il tenente in congedo Ernst Jünger scrive che l'atomo si è smaterializzato fino a trasformarsi in una pura forma, ed è così che la ragazza da lei amata le scappa, non fuggendo, ma evaporandole sotto gli occhi, diventando sempre più diafana, e ora che vive lontano e che lei non appare più nei suoi sogni di felicità le resta un involucro traslucido e pallido che Adelheid le ha lasciato senza saperlo, un'idea di ragazza che nessuno abbraccerà e che le sorride triste nella sua immensa solitudine.

Lei parlava a sua madre della musica lontana delle cose essenziali, si lamentava che la sua vita somigliasse a un sentiero polveroso tracciato in una brutta contrada arida e che senza il lavoro la sua solitudine sarebbe stata assoluta, cosa che invece non era. Sentiva il bisogno di partecipare a dibattiti giganteschi, inesauribili, che le permettevano di sottrarsi alla malinconia e a tutto ciò che la disgustava della vita pubblica, che non prendeva sul serio perché le era impossibile credere che le forze della stupidità fossero infinitamente superiori a quelle della ragione. La sua ingenuità consisteva forse nel sognare che in fin dei conti il mondo della politica dovesse obbedire alle stesse regole aristocratiche del mondo della scienza, in cui gli scontri più accaniti non ammettevano altre armi che le argomentazioni e costituivano ancora testimonianze di rispetto e di amicizia. Pensava che una causa difesa solo dalla violenza, dalla menzogna e dalla calunnia confessasse *ipso facto* la propria debolezza, e aveva ragione, sennonché non immaginava il potere della debolezza, dell'umiliazione, del risentimento e delle paure abiette. Qualcosa di raffinato e di marcio viziava l'aria che respirava, ma lei non lo sentiva, conversava fraternamente con uomini di tutte le nazionalità che avevano la stessa sua idea di ciò che è essenziale, passava da un paese all'altro, da un'università all'altra, in Italia, in Inghilterra, negli Stati Uniti, come se la vasta Atene contemporanea in cui viveva avesse cancellato le frontiere, si arrampicava allegramente sulla colonna d'angolo di una terrazza in Giappone mentre Dirac, terrorizzato di vederla cadere da un momento all'altro nel vuoto, la guardava tenersi in equilibrio con le mani disinvoltamente infilate nelle tasche dei pantaloni, impassibile e allegro contro il grande cielo chiaro.

È un percorso né tetro né grigio, ancora senza nessun colore del disincanto. Conduce a Stoccolma, dove lei accompagna Dirac e Schrödinger che nel 1933 si dividono il premio Nobel per la fisica. A lei l'hanno conferito, con un anno di ritardo, nel 1932. Un anno troppo tardi. A cosa pensava in frac e cravattino bianco quando il presidente dell'Accademia reale delle scienze ha cominciato il discorso solenne?

Sua Maestà, Sua Altezza Reale, Signore e Signori...

Pensava alla triste ironia del suo clamoroso successo mentre la ragazza che non vuole essere amata da lei si è lentamente trasformata in un fantasma che forse le sta dolorosamente accanto? Pensava alle grida delle SA che hanno sfilato sotto le sue finestre pochi mesi prima impugnando le fiaccole della vittoria? Non è strano che una cosa del genere diventi reale mentre ciò che avrebbe dovuto essere reale rimanga relegato per sempre nel limbo infinito del possibile? Non era il vento tra le foglie secche né la nebbia, era il re degli elfi ebbro di amore omicida, il padre stringe a sé il figlio e fra le sue braccia il cadavere pesa quanto il ricordo del figlio, pesa quanto l'assenza di Adelheid, le SA trionfano e lei non riesce a odiarle, non riesce a credere che quei bravi giovani si lasceranno ingannare ancora a lungo da un ciarlatano, pensa che si riavranno da quell'ebbrezza, ma non sa niente della loro ebbrezza, non sa niente del potere, della gioia inaudita delle schiere, non può sapere che in Germania è appena cominciato qualcosa che finirà solo in questo mese di novembre del 1989 quando incredulo, seduto accanto a mia madre di fronte alla televisione, guardo ciò che lei avrebbe tanto voluto vedere e non vedrà, la caduta del muro che credevo eterno e la fine dell'unico mondo che avevo conosciuto finora. L'impossibile diventa reale con una possibilità disarmante. Nella sua città natale, sotto gli indifferenti occhi in pietra di preti e santi che sembrano usciti da un incubo di Pauli, la gente dell'Est passa il vecchio ponte sul Meno e nella notte gelida si ferma davanti al palazzo del principe vescovo. Alla radio il sindaco chiede di salvarli dal pericolo che stanno correndo per la curiosità e la libertà ritrovata portando loro cibo e bevande calde, ospitandoli, e gli abitanti di Würzburg vanno incontro a quelli che non hanno visto da tanto tempo e che non conoscono più. Forse li feriscono senza volere, dopo una separazione di quarant'anni la buona volontà ha qualcosa di ridicolo. Ne guardano i vestiti strani, le macchine impossibili, li accolgono con una compassione eccessiva, con l'aria di saperla lunga, non come fratelli che si temeva di non rivedere più, ma come convalescenti finalmente guariti da una malattia vergognosa che conoscono per averla contratta a loro volta, ma da cui sono fieri di essere guariti molto prima di loro, e dicono che tutta la loro vita è stata solo una lunga malattia.

Professor Heisenberg, è toccato a lei, ancora così giovane...

Ci sono tante cose che lei non può sapere e tante cose che io non capisco, ma se questa malattia esiste e si estende su generazioni lei deve sentirne confusamente i primi attacchi che corrompono la sua gioia e le danno il gusto amaro di una tristezza senza rimedio, mentre l'ombra di Adelheid si cancella e il presidente dell'Accademia reale svedese delle scienze saluta in lei il fondatore della meccanica quantistica per poi lanciarsi nell'elogio dei lavori dei suoi colleghi.

Professor Dirac.
Professor Schrödinger.

È di nuovo da solo dove non posso raggiungerla, dove in verità nessuno può raggiungerla, in attesa di inchinarsi di fronte al re che deve conferirle il premio, ed è in piedi in equilibrio sul vuoto, inerpicato sulla colonna di una terrazza in Giappone, accanto a Dirac di cui non percepisce la preoccupazione perché non lo guarda, non guarda niente e nessuno, infila timidamente le mani nelle tasche dei pantaloni ed è solo, come sospeso a sua volta tra il possibile e il reale, davanti a un cielo senza colore, con la sua giovinezza intatta, tanto commovente e tanto inutile.

Velocità

Quello che vede cancellarsi in un mattino di gennaio del 1937, all'angolo di una strada di Lipsia, è il mondo intero. Sta chiedendo offerte ai passanti, un aiuto per l'inverno. In cambio dell'obolo dà loro una spilla di latta con lo stemma della Sassonia che si attaccano sul bavero del cappotto prima di allontanarsi nel freddo. Non ricorda più perché lo sta facendo, ma non ha importanza, perché il mondo si sta cancellando tutto intero. Si guarda intorno cercando di capire cosa sia cambiato. Tocca gli edifici, sente la pietra gelida sotto i polpastrelli, ma non si fida delle sue sensazioni.

Tutto è menzognero.

I passanti, le vie di Lipsia e lei stesso non sono altro che personaggi di una commedia grottesca destinata a esaltare la granitica solidarietà del popolo germanico i cui membri, siano pure vincitori di Nobel, dietro semplice insistente richiesta sono pronti a sacrificare volontariamente una parte del proprio tempo prezioso per venire in aiuto dei poveri sollecitando l'immancabile generosità dei compatrioti, i quali infilano la mano in tasca in uno slancio spontaneo che riscalda i cuori malgrado il rigore invernale.

Non importa che sia tutta una menzogna, non importa che la piccineria della messinscena, rendendo obbligatori il volontariato e la generosità spontanea, li svuoti di senso fino a trasformarli in una bugia il cui puzzo la opprime più del freddo, perché verità e menzogna sono ormai tali per decreto e lei non è più autorizzato a esprimere giudizi.

Non importa che lei sia disperato.

È in piedi all'angolo di una strada di Lipsia, non si muove, eppure, a una velocità indeterminata quasi nulla e quasi infinita, viene trascinato in un moto da cui teme sarà trascinato per sempre e che comincia nel momento in cui l'intero mondo si cancella davanti ai suoi occhi. Attraverso la pietra gelida delle case, attraverso i corpi dei passanti, lei non vede quello che nascondono, ma quello che sono, ruderi fatiscenti come scene di teatro illuminati dalla fioca luce al fosforo, mucchi di macerie polverose riparate da alti muri inutili in uno spaventoso disordine di pietre incandescenti, pavimenti crollati, argenteria fusa e travi metalliche contorte come ossa spezzate, e tra quelle rovine si affrettano cadaveri che avanzano nel mattino d'inverno solo perché si credono vivi, perché nessuno li ha ancora avvertiti che sono morti da un pezzo, votati come il mondo intero al castigo incurabile dell'irrealtà, tanto che non sono neanche più cadaveri, ma simulacri, anime perse alle quali viene rifiutata persino la carità della dannazione. Dovrebbe sentirsi mortalmente triste, ma non ci riesce, ormai è soltanto uno sguardo puro e disincarnato che contempla il disastro, non ricorda più chi è e neppure se un giorno è stato qualcuno.

La prego, lasci che le dia una mano.

Si chiama Werner Karl Heisenberg.

Ha trentacinque anni e, tra le altre cose essenziali, è un fisico.

Stasera è atteso a casa di amici per eseguire la parte del pianoforte in un trio di Beethoven.

Lo specchio che le viene offerto dalla vicinanza dei suoi simili, anime perse che si ostinano a parodiare la vita, le sembra molto più difficile da sopportare della solitudine, così preferisce non andarci.

Per lealtà, sfinimento o cortesia ci va lo stesso.

Lì conoscerà la signorina Elisabeth Schumacher, il cui sguardo posato su di lei mentre è intento a suonare le ricorderà, insieme alla musica di Beethoven, che la realtà non può essere interamente abolita, neanche per decreto, non più della distinzione tra bugia e verità, che rimane preservata da qualche parte, lontano dagli assalti degli uomini. Niente le sembrerà reale quanto quello sguardo posato su di lei, tanto che non avrà neanche bisogno di incrociarlo per sentire la vitalità tornarle nelle mani sulla tastiera e il cuore riempirsi della fiducia che aveva dato per persa. Era stanco di avere a che fare con i fantasmi, è arrivato il momento di lasciarli andare.

Adesso se lo ricorda: si chiama Werner Heisenberg, ha trentacinque anni e stasera conoscerà sua moglie. Al momento, però, è in piedi all'angolo di una strada di Lipsia e, mi dispiace doverglielo dire, non rivedrà mai più il mondo che si sta cancellando davanti ai suoi occhi.

Forse il moto che la trascina non ha ricevuto il primo impulso a Lipsia nel 1937 ma, senza che lei se ne rendesse conto data l'incredibile velocità allora impercettibile, molti anni prima, nel 1922, esattamente nello stesso posto, perché non ci sono dubbi riguardo alla posizione, determinata con tutta la precisione richiesta. Aveva preso una camera in un sordido alberghetto, l'unico che all'epoca potesse permettersi, per assistere, su consiglio di Sommerfeld che le aveva pagato il viaggio, a una conferenza di Einstein, che lei ancora non conosceva. Immagino quanto fosse felice all'idea di sentire i misteri della teoria della relatività generale, di cui sapeva solo quello che Wolfgang Pauli aveva acconsentito a spiegarle, esposti per bocca del suo stesso creatore, il quale forse, grazie alla presentazione di Sommerfeld, avrebbe accettato di rispondere personalmente e in dettaglio alle innumerevoli domande che aveva in mente di fargli. Una tale felicità non può che andare di pari passo con un'estrema vulnerabilità, e immagino anche il dolore della delusione quando, leggendo il volantino che uno studente le aveva messo in mano all'entrata della sala, era venuto bruscamente a conoscenza di due notizie disperanti: la prima, che la scienza non era un santuario inviolabile preservato per sempre dalle sozzure dell'ideologia e della politica, e la seconda, altrettanto fastidiosa anche se infinitamente meno tragica, che ottenere il premio Nobel non offriva alcuna garanzia durevole contro l'imbecillità. Nella fattispecie, il Nobel del 1905 aveva premiato i lavori di Philipp von Lenard, l'autore di quello stesso volantino in cui si profondeva senza ritegno in invettive contro Einstein, sostenendo che la teoria della relatività esprimesse la quintessenza di una fisica abominevole tipicamente ebraica e ostentasse da tutte le parti i segni perversi di un'ostilità tipicamente ebraica nei confronti del buonsenso, incrementata da una tendenza altrettanto tipicamente ebraica per le congetture teoriche infondate, i paradossi sterili e l'uso di una matematica talmente oscura da fuorviare la candida bonarietà degli ariani: un tessuto di scempiaggini e assurdità che doveva la sua fama solo all'impegno del giudaismo internazionale che si era applicato a vantarne i meriti fallaci, fornendo così la dimostrazione inconfutabile del suo potere illimitato così come del suo disprezzo per la verità e la realtà. Difatti era con la sola autorità del suo amore per la verità e la realtà che von Lenard pretendeva di condurre una battaglia per preservare dalla contagiosa corruzione ebraica quella che definiva la fisica tedesca, lo stesso uomo reso talmente cieco dall'odio e dalla paura da essere incapace di percepire il mondo con colori diversi da quelli delle sue ossessioni, lo stesso uomo placidamente appagato dal sofisma rassicurante, stavolta non tipico degli ebrei, ma degli imbecilli, secondo cui se tutto ciò che è assurdo è incomprensibile, tutto ciò che non si riesce a capire è necessariamente assurdo. C'era di che ridere, e anche di che tremare. Lei non ha fatto né l'uno né l'altro. Per lei era semplicemente inconcepibile che un uomo di scienza si svilisse in quel modo e corresse anche il rischio di svilire ciò che avrebbe dovuto proteggere. Era troppo sgomento per ridere e troppo ingenuo per tremare, non riusciva a credere che cose così palesemente ancorate alla più perfetta irrealtà potessero produrre effetti di una qualche ampiezza altro che nelle tenebre di una mente malata, e in fondo, quindici anni dopo, continuava a non poterci credere, anche se era ormai chiaro che il moto che aveva appena ricevuto il suo primo impulso, o che quanto meno le aveva fatto intravedere l'esistenza della sua lunga corsa sotterranea, stava producendo dappertutto i suoi effetti. A partire dal 1933 gli studiosi ebrei, cacciati uno dopo l'altro dalle università, privati di risorse dall'oggi al domani senza che fossero minimamente presi in considerazione il loro valore, il sangue versato per la Germania o la semplice umanità, erano emigrati in Inghilterra, Irlanda, Svizzera o Stati Uniti nell'incredibile indifferenza dei colleghi che per convinzione, vigliaccheria o semplice opportunismo si erano quasi tutti rifiutati di firmare la petizione di sostegno, ben contenti che un insperato colpo di fortuna rendesse liberi in un attimo una quantità di posti ai quali fino a quel momento la loro mediocrità aveva impedito di aspirare. Era quello il santuario della scienza? Era proprio quello? Si era chiesto se dare le dimissioni, e anziché capire che l'irrealtà si avviava a corrompere il mondo intero, come finalmente ha capito in quel mattino di gennaio del 1937 all'angolo di una strada di Lipsia, continuava a chiedersi se non sarebbe dovuto partire anche lei come Schrödinger per evitare che la sua presenza avallasse un'infamia, e gli echi dei suoi tormenti mi arrivano nella cittadina in riva al Mediterraneo in cui sto trascorrendo l'estate del 1995.

Noi cerchiamo di capire le cose a partire dalla nostra esperienza perché è tutto ciò di cui disponiamo, e naturalmente è molto insufficiente, non capiamo niente, o capiamo male, o capiamo solo le cose non essenziali, ma che importanza ha?

Come sa bene, solo così si può imparare cosa significhi davvero capire.

Nel 1995 il mondo intorno a me non si cancella, non riversa davanti ai miei occhi viscere piene di rovine, non minaccia di dissolversi da un momento all'altro nel nulla dell'irrealtà, e tuttavia ho problemi a farne parte. Nell'autunno dell'anno scorso, quando l'esercito mi ha liberato dal servizio militare, che di rinvio in rinvio avevo continuato a rimandare convinto che sarei riuscito a sfuggirgli, fino a che l'infallibilità dell'amministrazione pubblica ha infranto le mie speranze insensate mandandomi a marcire per dieci mesi in un reggimento di cavalleria isolato in un'immensa pianura umida e grigia in cui dividevo il mio tempo tra corvée, insulsi lavori amministrativi, lettura dei suoi testi e incredulità, non avevo un lavoro né un luogo in cui andare. Così mio padre mi ha proposto di andare a vivere da lui, in mezzo a gente che conosco solo per averla frequentata durante le vacanze, la cui infaticabile e cerimoniosa compassione non sembra avere altro scopo che quello di tenermi a distanza. Non me ne lamento, lascio che mi ripetano quanto sono dispiaciuti per quella che ormai chiamano "la tua povera madre", che nessuno di loro ha voluto incontrare quando ancora era possibile. Tutto ciò che si riferisce alla mia vita passata non mi riguarda più. Non ne ho conservato niente, a parte i suoi libri. Ho smesso di leggerli, ma li porto ovunque con me. Durante quell'estate si coprono di polvere accanto al letto nel lurido soppalco che divido con il cugino a cui mio padre, stanco di assistere alla mia apatia, mi ha affidato per la stagione affinché gli dia una mano nella gestione del ristorante che ha aperto in cima ai bastioni a strapiombo sul porto di una vecchia città fortificata che la lebbra del turismo ha trasformato in stazione balneare. Ogni sera, quando chiudiamo, mio cugino mi dà una somma di denaro esagerata avendo cura di battezzarla "paga" con grande delicatezza per risparmiarmi la vergogna di dover ammettere che mi fa la carità, il che peraltro è così evidente che sono costretto ad ammetterlo da solo, a dire la verità senza la minima vergogna, visto che il mio aiuto si riduce a passare la sera accanto alla cassa, sprofondato in una grossa poltrona di cuoio in cui, bevendo tutto quello che mi capita sotto mano, penso al romanzo che presto scriverò. Racconterò di un personaggio la cui velocità e posizione non possono essere determinate con esattezza, il quale certe volte sente il corpo espandersi nei vicoli di una città simile a questa e ricoprirne la superficie fino a che lo sguardo degli altri lo obbliga a materializzarsi in un punto preciso, senza che sia fornita una risposta alla domanda se soffra di turbe psichiche sconosciute o stia sperimentando una realtà inconcepibile. Però non scrivo, passo la giornata a dormire e la notte a credere di seguire mio cugino in tutti i locali e le discoteche della città sperando che succeda qualcosa che non succede mai, mentre in realtà, professore, seguo le orme del suo percorso fino a Berlino, quando nel 1933 esce da casa di Max Planck, la cui saggezza avrebbe dovuto liberarla dai tormenti o quanto meno tranquillizzarla, tormenti così profondi che ancora me ne giungono gli echi.

Ma Planck non l'ha liberata. Aveva perso ogni speranza. Hitler era preda di un odio delirante e morboso che l'aveva completamente estraniato dalla realtà. La catastrofe era inevitabile e niente sarebbe riuscito a impedirla, nemmeno il sacrificio. Per quelli che come lei non erano ebrei e non sostenevano il regime le sole alternative erano emigrare o rimanere in Germania. Ovviamente tutte le università del mondo sarebbero state pronte ad accoglierla, non avrebbe avuto alcuna difficoltà ad andarsene, ma visto che non vi era costretto Planck le ha consigliato di restare in Germania per crearvi quelle da lui definite "isole di stabilità" a partire dalle quali, dopo la catastrofe, si sarebbe potuto ricostruire ciò che stava già cominciando a essere distrutto e che poi lo sarebbe stato molto di più. Planck si rendeva conto che nessuna delle due opzioni era quella giusta.

Andarsene significava accettare che Philipp von Lenard, Johannes Stark e tutte le menti malate secondo cui la scienza portava le tracce delle sue origini razziali si impadronissero delle università per instaurarvi il regno esclusivo dei loro deliri.

Rimanere voleva dire condannarsi a compromessi inevitabili come quello a cui lo stesso Planck dovrà rassegnarsi un anno dopo facendo il saluto nazista nel corso di un'inaugurazione, provandoci per ben tre volte, come se la vecchia mano tremante d'umiliazione che doveva alzarsi fosse diventata di ghisa.

Lei sta camminando da solo nelle vie di Berlino e, anche se esiterà ancora per anni, forse ha appena deciso senza rendersene conto che, malgrado gli inevitabili compromessi, malgrado gli appelli che continuerà a ricevere da tutte le parti, malgrado le preghiere a cui presto seguiranno i sospetti, non partirà perché è intenzionato a costruire una di quelle "isole di stabilità". Ma come potranno esistere isole del genere se il moto che la trascina e in cui lei si dibatte invano è talmente caotico che l'idea stessa di stabilità ha perso ogni significato? Come sussisteranno sotto l'esplosione di una violenza così mostruosa che neanche un pessimismo infinitamente più radicale di quello di Max Planck potrebbe prevedere? E Max Planck le avrebbe lo stesso consigliato di rassegnarsi, se avesse potuto sapere che alla morte del suo ultimo figlio Erwin, impiccato nel 1945 dopo il fallito attentato a Hitler, la disperazione l'avrebbe quasi portato a ribellarsi per la prima volta nella sua lunga vita contro un Dio che aveva sempre fedelmente servito e che in cambio l'aveva protetto dalla morte solo per lasciargli il privilegio di seppellire tutti i figli? È troppo facile per me far valere, contro l'ingenuità del pessimismo di Planck e contro l'ingenuità dei suoi tormenti, l'unica superiorità di cui dispongo, quella contingente ma indiscutibile conferitami dalla data di nascita. Se lei, sia pure per un istante, avesse potuto godere di questa povera superiorità, forse non avrebbe preso la stessa decisione. Ma non è detto, perché niente è riuscito a scuoterla, neanche gli attacchi sempre più precisi e minacciosi di cui era bersaglio.

Lei è un traditore, un appartenente alla setta di Bohr e Einstein, un alleato degli ebrei, in fondo un ebreo lei stesso, di una specie tanto più perniciosa e maligna in quanto nelle sue vene scorre sangue incontestabilmente ariano, perché è la sua anima a essere corrotta fino in fondo, lei è "il depositario dello spirito di Einstein", un "ebreo bianco" che Johannes Stark, nelle colonne del giornale delle SS, consiglia di sopprimere o spedire al più presto in un campo di concentramento come elementare misura di profilassi, per proteggere la gioventù dalla sua influenza morbosa, e in questo modo quelli che credono di insultarla confessano loro malgrado che il termine "ebreo", al di là del significato razziale, serve soltanto per raggruppare all'interno di una stessa categoria metafisica tutto ciò che non riescono ad afferrare, tutto quello che li rende folli di paura perché non lo capiscono.

Lei però non se ne va.

In memoria del periodo in cui suo nonno e il padre di Himmler lavoravano insieme in un liceo di Monaco, la madre di Himmler accetta di ricevere sua madre e le promette che il suo Heinrich, così gentile e premuroso da non dimenticare mai di mandarle dei fiori per il compleanno malgrado sia oberato di impegni, non mancherà di riparare all'ingiustizia che le è stata fatta, perché mi dica, chiede con un'inquietudine nella voce in cui si percepisce il timore che la domanda non sia solo retorica, non c'è niente che distolga Werner dalla retta via, giusto? Himmler ordina un'indagine che la conduce con regolarità nei locali della Gestapo in cui lei entra cercando di restare padrone di sé, applicando scrupolosamente la consegna affissa a tutte le pareti di respirare profondamente, ossessionato dall'angoscia di rivolgere agli uomini che la interrogano uno sguardo da vittima a cui non resisteranno, quello sguardo pieno di terrore e suppliche, o pieno di disgusto, di sfida, di rinuncia che viene sempre riconosciuto, qualsiasi cosa esprima, perché è lo sguardo del secolo. Le permettono però di andarsene, e lei si ritrova, sollevato e tremante, in Prinz-Albrecht-Straße. Dopo qualche mese Himmler scrive a Heydrich che è meglio che lei non muoia. Può essere utile. Si è conquistato il diritto di insegnare la fisica come pare a lei a condizione di non pronunciare alcun nome ebraico.

Ci teneva così tanto a costruire quell'"isola di stabilità"? Le sembrava di obbedire a una necessità così eccelsa da rimproverare a Schrödinger di essersene sottratto emigrando? Oppure segretamente la sua ostinazione aveva a che fare con l'amor proprio, o magari con un orgoglio cieco e smisurato? Sempre che non abbia obbedito a quel sentimento misterioso che sono incapace di provare, anche se ricordo di averlo visto all'opera. Certe volte mio cugino sembrava piegarsi sotto un peso enorme che minacciava di abbatterlo e doveva scappare, forse erano la canicola e l'incessante frenesia estiva, forse il mal di testa, il ricordo di notti sordide o qualcosa di più cupo di cui ignoravo la natura. In quei casi mi portava in montagna a bere un caffè sulla terrazza di un rifugio, in un antico villaggio di transumanza attraversato da un sentiero per escursionisti. Stavamo un po' lì tra la frescura delle felci, all'ombra di grandi pini. Ma il malumore non gli passava. Non apriva bocca. Poi riprendevamo la sua macchina per tornare in città e di colpo, senza che niente lo facesse prevedere, appariva il mare. Dominavamo il paesaggio come se fossimo sospesi nell'aria limpida, al disopra dei tornanti che scendevano a picco attraverso la foresta in direzione del golfo abbagliante mille metri più in basso. Mio cugino sgranava gli occhi su quel panorama che conosceva fin dall'infanzia ma che sembrava sempre scoprire come se fosse la prima volta. Faceva una smorfia incredula, sorrideva e mi dava colpettini sulla coscia dicendo cazzo, però, eh? incapace di esprimere con maggior chiarezza il sentimento che lo sconvolgeva e gli restituiva istantaneamente la voglia di vivere, un sentimento in cui non era difficile riconoscere una curiosa forma d'amore che non aveva per oggetto un essere umano, ma una piccola parte indeterminata del vasto mondo inerte di cui io stesso, sebbene incapace di provarlo, non potevo fare a meno di ammettere l'incomparabile potenza. Lei era certamente un essere meno grezzo di mio cugino, e molto più abituato di lui ad affrontare l'ineffabile, ma credo che anche lei fosse preda di un amore simile, definitivo, molto più forte dell'orgoglio, delle minacce e dei sogni, che nonostante le parole di Planck alla fine non le lasciava alternative. Per colpa di quell'amore si lascia alle spalle gli amici che per l'ultima volta la supplicano di non rientrare in Germania e torna dagli Stati Uniti su un piroscafo semivuoto che la porta verso una guerra ormai inevitabile, anche se per il momento, forse siamo nel 1938, è nella sua casa di Urfeld.

Crede ancora che le si offra un'alternativa dolorosa e le sue esitazioni la fanno soffrire più che mai.

Ma alza gli occhi sul lago Walchensee che si estende davanti a lei nella bruma o in pieno sole, non fa differenza, e anche lei accoglie con una smorfia incredula la potenza dell'amore che la travolge, poi si gira verso Elisabeth e stringendole le mani con tutte le sue forze le dice ciò che in quel momento le sembra di aver sempre saputo.

Dio mio, è talmente bello! Non potrei mai andarmene.

In piedi di fronte allo specchio il capitano Ernst Jünger osserva senza alcun compiacimento l'ufficiale della Wehrmacht che gli sta davanti, in cui non riconosce altro che una parodia stridente della sua giovinezza. Tutto gli sembra allo stesso tempo familiare e stranamente fuori posto. Per quanto velocemente passino, gli anni non possono essere aboliti. Rimangono, e conferiscono alla pompa dell'uniforme che una volta era così fiero di indossare il colore sgradevole della non autenticità, come se la divisa gli fosse stata restituita nella forma un po' indegna di costume teatrale, tagliata per un ruolo che lui non ha più l'età né la voglia di interpretare in una pièce che conosce bene per averci un tempo trionfato, ma il cui intrigo è talmente poco adatto a lei che, addosso a lei, la stessa uniforme ha l'aspetto di un travestimento decisamente ridicolo. Anziché pensarci sopra ha preferito considerare le sedute di addestramento come un'occasione per fare un po' di esercizio all'aria aperta. Quando scoppia la guerra invece di essere assegnato, come lei si aspettava, a un reggimento di alpini, viene convocato insieme a Carl Friedrich von Weizsäcker in un ufficio amministrativo di Berlino dove capirà presto che si accinge a correre un rischio molto più grande di quello di morire con addosso la divisa di un soldato da commedia.

Le chiedono di studiare le possibili applicazioni pratiche di una scoperta che Otto Hahn ha fatto l'anno prima studiando i nuclei pesanti. Bombardando di neutroni gli atomi di uranio si suscita nella materia un cambiamento oscuro, appare un elemento misterioso che non è stato ancora possibile identificare a colpo sicuro, sebbene siano state avanzate audaci congetture, e in cui Otto Hahn si rassegna a riconoscere del bario, un metallo notissimo, di una banalità totalmente sprovvista di mistero, tanto più che lì non ha niente da fare. L'unica spiegazione per quell'anomala presenza è che un neutrone abbia provocato la fissione del nucleo di uranio, il quale si è trasformato in due atomi più leggeri, di cui uno di bario, dopo aver liberato abbastanza energia da spostare un granello di polvere. Se la fissione generasse a sua volta un numero sufficiente di neutroni capace di andare a rompere altri nuclei, partirebbe una reazione a catena che potrebbe essere utilizzata per produrre energia o un esplosivo di insospettabile potenza. La guerra non ha ancora alzato ovunque i muri del segreto e la notizia si diffonde dall'Europa all'America veicolata da un Niels Bohr al colmo dell'eccitazione. Le lavagne di tutto il mondo si ricoprono di equazioni frenetiche, abbozzate, cancellate, corrette e riprese in continuazione da uomini sempre più febbrili, non perché senza neppure volerlo abbiano finalmente realizzato il sogno della trasmutazione di maghi e alchimisti, ma perché intravedono già una prospettiva esaltante e terribile di cui Niels Bohr spera ancora di dimostrare l'impossibilità teorica: la fabbricazione di una bomba dagli effetti così devastanti che sarebbe inutile provare a proteggersi, così come è inutile tentare di sfuggire alla morte o cercare riparo contro l'ira di Dio. Ma Niels Bohr dovrà rinunciare alle sue speranze, in cui le leggi della natura non c'entrano. Il maggior ostacolo teorico che avrebbe dovuto ergersi sul cammino della bomba si sfalda e si frammenta poco a poco in una serie di problemi tecnici, e l'ufficio degli armamenti la incarica di determinare come e in quanto tempo lei sarà in grado di risolverli, dandole il permesso di servirsi di tutta la fisica ebraica che ritiene necessaria per il successo della missione.

All'epoca il suo amico Carl Friedrich, con infantilismo incredibilmente machiavellico, era convinto che padroneggiare l'energia atomica avrebbe dato agli scienziati potere su Hitler e permesso loro di imprimere agli eventi un corso favorevole. Lo pensava anche lei? Contava di approfittare della sua posizione per preservare la scienza tedesca e tenere lontani dal fronte i suoi rappresentanti più giovani e intraprendenti sostenendo che le erano indispensabili? Aveva accettato di dirigere le ricerche per meglio rallentarle o ostacolarle, o solo perché là dov'era stato trascinato a una velocità inimmaginabile si era già da un pezzo lasciato alle spalle ogni possibilità di rifiuto? A meno che, ma non voglio crederlo, anche lei non abbia ceduto, sia pure per un secondo, all'entusiasmo tossico di vedere il suo paese ritrovare la grandezza di cui era stato ingiustamente privato e abbia voluto partecipare con tutta l'anima alle sue brillanti vittorie senza più preoccuparsi della natura dei padroni che doveva servire.

Un busillis inestricabile.

Le storie sono tutte necessariamente coerenti. Le motivazioni più diverse e incompatibili l'avrebbero condotta ad adottare un comportamento rigorosamente identico e a prendere esattamente la stessa decisione, e di tutte le storie coerenti in cui lei assume di volta in volta la faccia dell'irresponsabilità, della rinuncia, dell'integrità, della compiacenza e dell'infamia nessuno può capire quale sia quella vera, tanto meno io che sto attraversando come un cieco la calda estate del 1995, incapace di percepire la paura, la tristezza e l'oppressione, peraltro sempre più manifeste, delle persone che mi circondano. Ogni notte, quando facciamo ritorno al nostro soppalco la cui sporcizia ha raggiunto un tale livello apocalittico che, vedendolo, le ragazze che hanno acconsentito a venire da noi lanciano grida inorridite per poi tentare una fuga che non sempre i nostri numeri di alta diplomazia riescono a bloccare, mio cugino mi chiede di aspettare in strada fino a quando non mi dà il permesso di salire, e io obbedisco senza farmi domande guardandolo avviarsi da solo nel buio della tromba delle scale da cui ancora per un attimo mi giunge il suo respiro ansimante. Non mi domando più perché mio padre sembri invecchiare a una velocità prodigiosa tra una visita e l'altra che dedica, non senza prima aver espresso la rituale preoccupazione per la mia pessima cera, a interminabili conciliaboli con uomini che ho già incontrato ma di cui non riconoscerei la faccia sulla prima pagina del giornale locale se li facessero fuori la mattina presto sulla porta di casa o in macchina, sulla strada di un villaggio sperduto, con il braccio insanguinato lungo la portiera che non hanno avuto il tempo di aprire. Ma non so niente del sangue, a parte il sapore di quello che mi cola dalle narici e raccolgo con la punta della lingua sorridendo beato nel parcheggio di una discoteca in cui i turisti ballano e saltano a tempo alzando le braccia al cielo. Penso sempre meno al romanzo che volevo scrivere. Mi dedico interamente all'osservazione puerile della mia decadenza, che in fondo mi riempie di fierezza e placa le mie velleità creative, perché immagino che assomigli, fin nella sua ignominia, a quella descritta dai romanzi russi. Non vedo il Cristo in croce sanguinare nella frescura delle chiese che aprono le loro bocche ombrose sulle vie oppresse dal sole. Non vedo mio padre e i suoi amici condurre la loro invisibile e ridicola guerra che non è neanche in grado di impedire ai turisti di saltare a tempo sulle piste da ballo con le braccia al cielo, sebbene vada avanti da mille anni, infinita, senza ragione e senza gloria, con le sue vittime e i suoi assassini che il tedio ha reso indistinguibili, riuniti nello stesso oblio, con i gesti meccanici del lutto, e non smetterà mai, perché mai ha avuto e mai avrà la minima conseguenza sul futuro del mondo che grava su di lei, professor Heisenberg, con tutto il suo intollerabile peso.

Lei sta lavorando a un reattore nucleare in grado di produrre energia.

Sa che, a prezzo di considerevoli sforzi tecnici, è possibile costruire una bomba che deciderebbe le sorti della guerra, e non può sperare che i suoi colleghi emigrati negli Stati Uniti non lo sappiano quanto lei.

Ben strano moto è quello che l'ha scagliata, a una velocità che nessuno strumento può misurare, al cuore stesso del problema che la disgusta e a cui voleva sottrarsi, là dove la conoscenza asservita vale solo per il potere che promette di procurare. Finge ancora di credere che tocchi agli uomini decidere se la promessa debba essere mantenuta, ma si sa, il potere non appartiene agli uomini, ignora i loro sogni di dominio e cammina fra loro, li attraversa, indifferente a quelli che lo desiderano e a quelli che lo temono, che tiene comunque sotto il suo mantello sovrano. Otto Hahn, dopo aver invano consigliato di sbarazzarsi di tutte le scorte di uranio, ha avvertito che se le ricerche alle quali sta partecipando dovessero portare alla costruzione di una bomba si suiciderebbe, risoluzione che, per quanto ridicola, testimonia almeno un'indiscutibile lucidità, perché poggia sulla sola cosa che può ancora essere decisa. Per tutto il resto è troppo tardi, anche se lei non vuole ammetterlo, e nel settembre del 1941 corre a Copenaghen per avere una conversazione con Niels Bohr in cui ripone tutte le speranze, ma che ovviamente si rivelerà tanto inutile quanto disastrosa. Niels Bohr non la ascolta, non capisce dove vuole arrivare, sempre che lei stesso lo capisca, e quello che crede di capire lo manda fuori di sé, decide che lei è di un'ingenuità imperdonabile, oppure sta cinicamente cercando di servirsi di lui per trasmettere false informazioni agli Alleati, oppure ancora è venuto a cercare un'assoluzione che Bohr non può darle perché i suoi peccati e quelli della Germania non lo riguardano, non è e non è mai stato suo padre, non è neanche più suo amico, ma lei non se ne rende conto, si sfinisce a raccontargli tutto in una volta quello che sa, quello che fa, quello che teme e quello che progetta, in un guazzabuglio inestricabile di parole ancora offuscate dall'ombra della bomba, e disegna su un pezzo di carta lo schema di un reattore nucleare nel tentativo di far capire a Niels Bohr che sta lavorando a un reattore, non a una bomba, anche se ormai sa senza ombra di dubbio che si potrebbe costruire una bomba, ma lui la guarda inorridito, convinto che quello sia il disegno della bomba e che lei farà di tutto per fabbricarla.

Tutte le storie sono coerenti e tutte sono incomplete, come se il suo principio non registrasse più soltanto i rapporti tra posizione e velocità o tra energia e tempo, ma il mondo degli atomi straripasse da tutte le parti per estendere la propria influenza sugli uomini, i cui pensieri sfumano e si colorano delle tinte pallide dell'indeterminazione.

Eppure non è questo il caso.

I pensieri possono essere nascosti, segreti, vergognosi, dimenticati, possono essere dolorosi, inaccettabili o incompresi, possono perfino essere contraddittori, ma non sono indeterminati.

Anche se lei e Niels Bohr non siete mai stati d'accordo su ciò che è realmente successo a Copenaghen in quella triste sera d'autunno, né sulle parole che sono state dette né sul loro senso e neanche sul luogo preciso in cui sono state pronunciate, è comunque successo qualcosa che i sortilegi della memoria, le ferite e i rimorsi non potranno mai cambiare.

Forse vi sbagliate entrambi.

Non potete avere ragione entrambi.

È inutile cercare la verità nella coerenza. Ma mi sembra di aver un giorno riconosciuto un profumo familiare in un villaggio della Franconia, vicinissimo al monumento ai caduti su cui una mano timida aveva inciso sotto l'erba alta, quasi al livello del suolo, una preghiera invisibile per l'anima reproba dei vinti, un inafferrabile profumo di terra bagnata, fumo, sogno e bruma, un profumo senza età che ricollega la mia infanzia alla sua, e voglio credere che quest'unico fragile legame, per quanto tenue sia, mi dia il diritto di rivolgermi a lei dalla penombra deleteria di un soppalco che mi fa schifo e mi permetta di intuire una verità che comunque, lo so, mi sfuggirà sempre.

Lei si riteneva ancora cittadino di un'Atene spirituale.

In quell'Atene che esisteva ormai solo nei suoi sogni le sarebbe ancora stato permesso di recarsi a Copenaghen per confidare ciò che la tormentava all'inesauribile benevolenza di Niels Bohr, lui avrebbe percepito in lei il timore di veder utilizzati i propri lavori per scopi militari e la speranza che tutti i fisici del mondo rinunciassero a costruire la bomba, perché in quell'Atene che la guerra non aveva sospeso, ma annientato, lei sarebbe stato ancora Werner Heisenberg, il fedele, brillante e sensibile Werner Heisenberg, e non l'uomo che era diventato agli occhi di tutti, rappresentante di una nazione disprezzata che occupava la Danimarca e quasi tutta l'Europa macchiandosi le mani di crimini odiosi, una nazione maledetta che si era rifiutato di lasciare per ragioni fallaci o incomprensibili e in cui per giunta ricopriva incarichi ufficiali. Le sue speranze erano completamente insensate, non aveva nessuna probabilità di farsi ascoltare, e anche se per miracolo Niels Bohr l'avesse ascoltata doveva immaginare che non avrebbe potuto trarre alcuna conclusione diversa da quella che forse, con la scusa di salvare il mondo, lei cercasse di proteggere la Germania da un giusto castigo che sarebbe arrivato dalle stesse persone che erano state ignominiosamente cacciate, e in questo non avrebbe avuto completamente torto, perché l'immagine di quelli che lei amava seppelliti sotto i detriti di una città rasa al suolo dal soffio atomico avrebbe ossessionato le sue notti fino alla fine della guerra e, per quanto capisse almeno che le sue angosce non le sarebbero valse la compassione di nessuno, non capiva molto altro, sapeva bene che la sua conversazione con Niels Bohr era andata male, ma ignorava fino a che punto la speranza e il timore, forse la necessità, avessero fatto di lei uno psicologo così scadente da raccontare a Elisabeth di aver passato una bella serata con Carl Friedrich alla vigilia della sua partenza in un ambiente incantevole, a casa di Niels e Margrethe Bohr per i quali aveva eseguito una sonata di Mozart la cui gaia tonalità in la maggiore doveva peraltro suonare particolarmente fuori posto, e aggiungeva, per rallegrarsene di nuovo, di essere tornato in albergo camminando sotto un meraviglioso cielo stellato, lo stesso cielo in cui due notti prima aveva avuto la fortuna di osservare una magnifica aurora boreale.

Ma forse non bisogna cercare la verità nelle lettere che uomini delusi scrivono alle mogli in tempo di guerra.

Forse, senza riuscirci, lei si sforza di tenersi distante dalla verità come da un veleno letale.

Il moto che la trascina l'ha portata così lontano che coloro la cui stima e fiducia hanno illuminato la sua vita ormai la considerano un nemico, niente si aggiusterà più, non può andare diversamente, ma ammetterlo è superiore alle sue forze. Avrebbe accettato di pagare un prezzo del genere? Non lo so, non è più tempo di porre la domanda, e non so neanche in che misura i suoi amici si mostrino giusti o ingiusti verso di lei, ma so che nella primavera del 1942 si ritrova di fronte ad Albert Speer che le chiede di esporgli lo stato delle ricerche tedesche sull'energia nucleare. Lei gli dice del reattore, ma Speer la guarda e le domanda: è concepibile una bomba atomica?

Lei, con franchezza, gli risponde di sì, almeno in teoria, ma la sua fabbricazione pone problemi tecnici colossali che non si può sperare di sormontare, senza garanzia di successo, prima di vari anni di accanito lavoro e al prezzo di un investimento umano e finanziario gigantesco, tanto che alla fine della riunione il progetto viene accantonato. Per le sue ricerche fondamentali chiede una somma così ridicola che Speer gliela accorda con un sospiro costernato. E mentre gli Alleati, temendo che lei li superi nella corsa alla bomba che credono di condurre contro di lei, elaborano piani per rapirla o ucciderla, lei continua nei suoi tentativi di messa a punto di un reattore nucleare e ottiene che alcuni giovani scienziati siano sollevati dagli obblighi militari per unirsi a lei nel relativo rifugio della sua "isola di stabilità" su cui la Royal Air Force continua a far piovere bombe. Si ostina a vivere, a fare figli che nascono in un mondo in fiamme, un mondo così brutto che nessuno può guardarlo in faccia senza provare il desiderio di morire, perché la verità è effettivamente un veleno letale.

Lei lo sa. L'ha visto distruggere Hans Euler, di cui aveva seguito la tesi e a cui voleva bene. Quando è scoppiata la guerra gli ha proposto di farlo assegnare al suo laboratorio, ma lui aveva bevuto il veleno della verità e non voleva più essere salvato. Non poteva più vivere in mezzo ai nazisti, non poteva più vivere altrove, il comportamento dei suoi compatrioti lo disgustava quanto l'anima marcia degli uomini, e si era arruolato nella Luftwaffe per effettuare voli di ricognizione in cui non avrebbe potuto uccidere nessuno.

Quanto a lui, morire gli era indifferente.

Ha cercato di parlargli, gli ha detto che la guerra sarebbe finita e il mondo sarebbe ancora stato al suo posto, un mondo diverso, probabilmente non migliore, ma c'era bisogno che uomini di buona volontà sopravvivessero per fare almeno in modo che non diventasse peggiore di com'è, era un compito utile, necessario, certe cose meritavano di essere salvate dal nulla. Lui scuoteva tristemente la testa, e per quanto lei insistesse non le credeva più, quelle parole di speranza gli sembravano diffondere un fetore insopportabile, il puzzo della menzogna e dell'illusione, e soffriva terribilmente perché all'inizio gli effetti del veleno della verità sono dolorosi, si pensa con nostalgia alla dolcezza perduta dei sogni di futuro che non si faranno più, alle delizie della menzogna e dell'illusione di cui non si sopporta più il lezzo dopo essersi a lungo inebriati del loro delicato profumo, alle promesse d'amore alle quali non si può più credere, ma qualche mese dopo, quando il veleno è arrivato a inaridire la radice della vita, non c'è più nostalgia e neanche sofferenza, c'è solo l'incomparabile quiete della disperazione, e Hans Euler le scriveva dalla Grecia per parlarle solo del cielo azzurro, del mare color del vino e del sapore delle arance. Il suo viso giovanile dai riccioli biondi si era rasserenato. Ostentava un'espressione simile a quella di tutti i giovani che come lui hanno raggiunto la serenità di un luogo situato al di là della propria morte, dove non hanno più niente da temere e dove sopravvivono negli stretti confini di un presente uguale all'eternità, come il primo tenente Kurt Wolff e tutti i piloti scomparsi della Jasta 11, il piccolo Ernstel Jünger, il giovane comandante di carro armato sovietico che Vasilij Grossman ha incrociato nella steppa calmucca e tanti altri, e tutti guardano la vita in faccia, senza rimpianti e senza rimproveri, con una serietà infantile piena di dolcezza. Hans Euler è un eroe, forse il più elevato genere di eroe, e lei non lo è. La morte di Euler è stata perfetta. Lei non cerca la morte, al contrario, la sfugge più che può, non corre mai rischi inutili e mai avrebbe avuto l'imprudenza di dichiarare pubblicamente, come farà Ernstel Jünger, che se avessero condannato Hitler all'impiccagione sarebbe andato a piedi fino a Berlino per tirare personalmente la corda. Lei ha paura, per se stesso e per quelli a cui vuole bene. Vuole vivere perché sa che non si lotta contro un mondo che dedica tutte le sue forze a celebrare il culto osceno della morte offrendogli una morte supplementare, sia pure perfetta, ma opponendogli l'ostinazione imperfetta della vita, e vive ancora, vive ostinatamente mentre l'aereo di Hans Euler precipita in fiamme nel mar d'Azov e in Italia, a Carrara, un ragazzo che non saprà mai come va a finire *La certosa di Parma* è immobile a terra, con gli occhi spalancati rivolti al cielo, sulle scogliere di marmo che il padre inconsolabile ha apparecchiato per lui come una culla.

A quanto pare quel bastardo di Schardin non crede più alla sua stessa teoria!

Lo Schardin a cui sono indirizzate le poco lusinghiere parole di Otto Hahn ha appena tenuto una dotta conferenza in cui ha sostenuto la confortante tesi che il brusco cambiamento di pressione suscitato dall'esplosione di una bomba, facendo scoppiare gli organi interni, provochi la morte immediata e indolore di quelli che hanno la fortuna di trovarsi nelle immediate vicinanze, ma la sua brillante dimostrazione è stata interrotta dalle sirene d'allarme e, poco desideroso di cogliere un'occasione insperata per convalidare la sua teoria a prezzo, è vero, dell'integrità di organi interni che gli sono particolarmente cari, si trova accucciato al buio in mezzo al suo pubblico terrorizzato a lottare contro il panico con Otto Hahn che lo prende in giro, mentre il soffio di tonnellate di bombe sganciate su Berlino in quella sera di marzo del 1943 fa tremare i muri del rifugio in cui tutti credono di rimanere seppelliti, ma da cui alla fine usciranno sani e salvi. A lei capiterà ancora di emergere così da altre sepolture sotterranee per camminare in una città che ormai è un cadavere di città, attraverso un paese che ormai è un cadavere di paese che si consuma nelle alte fiamme rosse di una gigantesca pira funeraria, e poi mettersi a correre a tutta velocità sulle chiazze di fosforo, con una preghiera nel cuore rivolta a un Dio che non è più possibile amare e al quale tuttavia si torna come a un idolo barbaro, capriccioso e crudele, per supplicarlo di far cadere le bombe sui figli degli altri, oh, che muoiano i figli degli altri e che i miei vivano, e quando lei finalmente abbraccia i suoi si vergogna della gioia egoista e selvaggia che le toglie il respiro, si vergogna della sua preghiera, ma c'è ancora da scappare dai laboratori e dagli istituti polverizzati dalle bombe portando con sé l'acqua pesante, i metalli rari e tutti gli strani alimenti di cui si ciba il suo reattore atomico sperimentale che finisce per dilatarsi, bloccarsi e rompersi gorgogliando come un cuore umano prima di esplodere in un getto di uranio in fusione lasciandole appena il tempo di riprendere la corsa errabonda che la conduce dappertutto in Europa, in cui tiene conferenze davanti a studiosi impassibili e spie in agguato sforzandosi invano di decifrare il segreto della sua anima quando è già stato riportato alla sinistra monotonia delle sirene e dei bombardieri invisibili che rombano nella notte sorvolando gli stessi cadaveri di città che l'oltraggio della distruzione rende indistinguibili, tanto che ha la sgradevole sensazione di essere sempre nello stesso posto, come se il moto interminabile che la trascina senza requie facendole temere di non vederne mai la fine fosse, in fin dei conti, soltanto un estenuante avatar dell'immobilità.

Ma c'è anche un altro moto, più segreto e profondo.

Alla monotonia del caos esso oppone soltanto la calma persistenza del suo impercettibile dispiegarsi, che forse basta perché la cura di decidere cosa sia la verità non venga lasciata ai soli adoratori della morte.

Detto moto non influisce in alcun modo sullo svolgimento degli eventi, non compensa orrori, non salva vite, ma, finché resiste, la voce soffocata delle patrie spirituali non è ancora spenta, la speranza non è stata definitivamente trasformata in illusione né la verità in veleno, e lei, lasciandosi andare a questo moto, ogni notte che trascorre a scrivere si colloca nel santuario di un isolotto minuscolo su cui probabilmente non crescono fiori, al largo di un istmo sul quale, molto prima di lei, tra la parola e il silenzio, stava un vecchio maestro sufi di cui nessuno sa niente se non che anche lui è vissuto in un'epoca di assassini e ha protetto dal loro furore, perché possa essere trasmessa, una verità fragile, preziosa e viva verso cui conduce il cammino segreto delle metafore che gli assassini non scoprono mai perché non capiscono le metafore. Capiscono solo il ripugnante codice amministrativo grazie al quale credono di poter camuffare ai propri occhi, sotto il velo pudico della menzogna, la tetra riquadratura da loro orchestrata in uno spettacolo che li fa vomitare, perché amano sì la morte più di tutto, ma non sopportano il fetore dei cadaveri di cui stremano la terra e il fuoco, vorrebbero che i morti avessero la creanza di evaporare nel nulla senza lasciare traccia della loro povera esistenza, e per preservare il delicato stomaco dal veleno letale della verità non hanno altra scelta che spezzare con la menzogna il legame che unisce le parole alle cose fino a che la lingua, privata della sua forza vitale, si irrigidisce e si necrotizza e comincia anche lei a puzzare come un'ingombrante carogna abbandonata al sole. Ma a Monaco qualche studente cristiano spera che il fetore non abbia soffocato il profumo salutare della vergogna al punto da aver reso impossibile ogni rifiuto, il rifiuto di accettare una complicità infamante e il rifiuto di lasciarsi ancora abbrutire e guidare da "un soldato di seconda classe" autore di un'opera "scritta nel tedesco più brutto che esista, e che un popolo cosiddetto di poeti e pensatori ha scambiato per una bibbia!". In nome di quell'infima speranza distribuiscono testi che pagheranno con la vita sotto la lama della ghigliottina senza averne salvata nessun'altra, mentre da qualche parte nella notte, a Lipsia o a Berlino, lei fa loro eco scrivendo: "È per questo che ora è necessaria l'unione di quelli che conoscono ancora la rosa bianca o sono in grado di distinguere il timbro della corda d'argento". Ovunque nel suo taccuino traccia linee di fuga piene di vita che la portano lontano dagli assassini e dalla loro parola morta e la liberano dal fracasso per restituirla al compito, che è sempre stato il suo e quello dei poeti, di superare all'infinito le risorse della lingua per dire ciò che non può essere detto e descrivere il più precisamente possibile tutti gli ordini di una realtà ipotetica, multipla, indescrivibile che fa a stento risuonare una misteriosa corda d'argento il cui debole suono non mi arriva, e ora so che non scriverò mai il mio romanzo perché sono incapace di raccontare una storia in una lingua che non esiste.

Rimango seduto in silenzio con mio padre e mio cugino a un tavolino esterno del ristorante deserto, alle due del mattino. È la prima settimana di settembre. Sul tavolo è posato un quotidiano straniero comprato da mio padre che riporta in prima pagina il cadavere in bianco e nero di un uomo steso in mezzo alla strada in una delle nostre città. Si distinguono i buchi delle pallottole nel petto e nella testa, che sembra curiosamente essere stata gonfiata. I giornali di qui non pubblicano mai foto di cadaveri, soprattutto durante la stagione turistica. Alla radio una voce maschile accompagnata da una fisarmonica canta in una lingua che non capisco. Ascoltandola, a mio padre si riempiono gli occhi di lacrime, mentre mio cugino non riesce a trattenere le sue. Qualche settimana fa si sono rasati la testa insieme a tutti i loro amici, non so perché, e la vista di quelle facce così ostentatamente virili deformate dall'emozione mi sembra terribilmente ridicola e fuori posto, quasi indecente. Guardo da un'altra parte, e per mettere fine alle lacrime e al silenzio chiedo a mio cugino cosa dice la canzone. Lui si asciuga gli occhi e me ne traduce a fatica qualche frammento incoerente – *che scusa troveremo? che lasceremo ai nostri figli? perché uccidete tante speranze? le nostre pene e i nostri lutti, la vita qui è così dura* – e altri spezzoni di frase intrisi della stessa magniloquenza goffa e sincera. Mio padre mi domanda se capisco cosa sta succedendo, e siccome, mentendogli, rispondo di sì, aggiunge che in questo caso devo capire anche che non posso rimanere, perché le cose hanno preso una piega così imprevedibile che non sa se sono al sicuro. Mi porterà all'aeroporto domani, da qualche parte troverò una vita adatta a me in cui mi sentirò davvero a casa, non devo preoccuparmi, non mi farà mancare niente neanche se dovesse accadergli una disgrazia, e capisco che mi allontana dalla sua guerra senza scopo e senza gloria non solo per proteggermi, ma perché è una guerra che non mi appartiene.

Salgo nel soppalco a preparare le mie cose, tolgo la polvere dalla copertina dei libri scritti da lei che non apro da un sacco di tempo e finalmente, in questa notte del 1995 in cui non scrivo, la ritrovo in quella notte del 1942 in cui lei scrive che non c'è maggior felicità della "consapevolezza di essere a casa propria".

Nella mia lingua non esiste un sostantivo per indicare "il luogo in cui uno si sente a casa", si deve ricorrere a maldestre perifrasi, mentre la sua lingua dispone di quel termine magnifico che lei scrive nel suo taccuino senza peraltro riuscire a salvarne l'innocenza, perché è già stato irrimediabilmente avvelenato e corrotto come tanti altri termini. Dalla bocca del Reichsführer, a Poznań, cola una miscela pastosa e nauseabonda che si riversa con voluttà sul pubblico attento degli ufficiali delle SS e in cui ogni parola si ritrova dotata di un significato nuovo, arbitrario e invariabilmente ignobile: gli omicidi a sangue freddo si chiamano ormai "dovere", e si dà prova di "tatto" astenendosi dall'evocarne il ricordo con i complici. Osservare un comportamento "morale" non significa affatto, come scrive lei, "essere buono e aiutare gli altri", ma non derubare per conto proprio, sia pure di una sigaretta, quelli che sono appena stati massacrati, mentre "conservare la decenza" consiste nel rimanere in piedi di fronte ai cadaveri ammassati dissimulando la nausea con un'apparente impassibilità o, ancora meglio, restando effettivamente impassibili. "Amore" designa lo slancio incontenibile di un desiderio di morte e "anima" non designa assolutamente più niente, al suo posto c'è una spaventosa sensibilità manierata e selettiva, una facoltà quasi illimitata di impietosirsi su se stessi che non corre neanche il rischio di essere percepita come paradossale, visto che nella lingua del Reichsführer ormai "carnefice" si dice "vittima". Da qualche parte in Bielorussia un tiratore dei gruppi di intervento, chino su una fossa, probabilmente si commuove della propria delicatezza guardando la giovane donna che ha avuto cura di uccidere per prima per risparmiarle il dolore di veder morire il figlio, laddove alcuni SS appena arrivati a Treblinka, seduti sui propri equipaggiamenti, non hanno ancora imparato a conservare la decenza, vomitano alla vista delle strade piene di cadaveri lamentandosi amaramente della crudeltà di un'esistenza che li costringe a contemplare uno spettacolo del genere. Più a sud, avviati ai forni crematori, i detenuti del Sonderkommando si danno da fare sotto gli occhi di Rudolf Höss, che a sua volta si intenerisce per il coraggio che dimostra, malgrado le ferite del proprio cuore sensibile, sopportando la dolorosa vicinanza di quegli esseri privi di compassione nonché del più elementare senso morale, e tutti, qualunque sia il grado e il posto che occupano in un'Europa da loro trasformata in mattatoio, tutti senza eccezione sono "vittime" che per giunta devono tollerare l'ultima ingiustizia di rimanere per sempre incompresi.

A Parigi, però, il capitano Ernst Jünger scrive sul suo diario che i tedeschi hanno semplicemente perso il diritto di lamentarsi.

Lei deve andarsene da Berlino devastata per trasferire il suo istituto a Hechingen, a sud di Stoccarda, dove continuerà a lavorare al reattore.

Al seguito dell'esercito alleato il colonnello Pash e gli uomini dell'operazione Alsos perquisiscono i laboratori abbandonati per scoprirvi informazioni sui progressi del programma nucleare tedesco e arrestare gli scienziati che vi hanno partecipato.

A Strasburgo, nell'istituto diretto da Carl Friedrich von Weizsäcker, il consulente scientifico dell'operazione Alsos, Samuel Goudsmit, ex collega di origine olandese emigrato da tempo negli Stati Uniti, scopre, probabilmente con immenso sollievo, che lei non è ancora riuscito a mettere a punto un reattore.

Tuttavia scopre anche, con un dolore infinitamente maggiore del sollievo, di non avere la minima speranza di ritrovare vivi i genitori, che hanno commesso l'errore di rimanere nei Paesi Bassi e di cui non ha notizie dal 1943.

Sono morti da un pezzo, senza altra sepoltura che il fumo dei forni crematori.

Samuel Goudsmit dorme in case abbandonate dai dignitari tedeschi, tra giocattoli di bambini e oggetti con il marchio della croce uncinata.

Spacca mobili e vasellame urlando di odio e di rimorso.

Il 16 marzo 1945 Würzburg, la sua città natale, viene distrutta da bombe incendiarie in meno di venti minuti, e in aprile il colonnello Pash arriva a Hechingen, dove i suoi collaboratori gli comunicano che lei è già partito per Urfeld.

Il moto che la trascina da così tanto tempo a una velocità indeterminata, quasi infinita, quasi nulla, si avvia a concludersi mentre ogni sera monta in bicicletta per tornare dalla sua famiglia a Urfeld, ma quando tende la mano verso quell'obiettivo tanto vicino lo spazio sembra dilatarsi e allontanarsi così rapidamente che lei si affretta verso il Walchensee, Elisabeth e i suoi figli temendo di non rivederli più, e procede senza tregua lungo quella strada che non finisce mai, attento al rumore minaccioso del motore di aerei in cerca di un bersaglio, si nasconde nella macchia, ha fame, si imbatte in bambini morti di paura che indossano divise troppo grandi per loro trascinandosi dietro fucili inutili, incrocia orde di fantasmi irriconoscibili persi nel labirinto di una sconfitta così totale che la sua lontana visione di Lipsia ne tracciava un vago abbozzo quasi gradevole, eppure le sembra che quella sconfitta sia ancora una vittoria, forse la più completa mai riportata dai nazisti, perché sono riusciti a far trionfare il loro sogno di morte a un punto tale da esserne a loro volta inghiottiti, e con essi il popolo che li ha seguiti e il paese che le SS continuano a percorrere instancabilmente per assicurarsi, prima di morire, che nessuno sfugga alla morte, né quelli che si accaniscono a resistere inutilmente né i disfattisti e i disertori e tutti i traditori che hanno avuto l'imprudenza di attaccare troppo presto una bandiera bianca sulla facciata di casa perché volevano vivere, e i cui cadaveri oscillano lentamente al vento intorno all'asse immobile delle corde appese ai rami degli alberi sotto le foglie e le gemme ghiacciate, là dove sarebbe potuto finire impiccato anche lei se l'SS che la tiene sotto mira con occhi spenti non avesse accettato di farle continuare la sua strada in cambio di un pacchetto di sigarette nel freddo di una primavera gelida che la morte trionfante ha trasformato in inverno, e finalmente raggiunge Urfeld, dove però non riesce a liberarsi dalla sensazione di urgenza che la opprime, come se corresse ancora a tutta velocità malgrado la bottiglia di vino che stappa con Elisabeth all'annuncio della morte di Hitler mentre Magda Goebbels, con un gesto di una logica implacabile e smagliante, avvelena i figli i cui cadaveri in camicia da notte immacolata, con le labbra rese blu dal cianuro e i capelli ornati da nastri bianchi che la madre ha messo loro prima di invitarli alla sua festa funebre, sono allineati davanti ai soldati dell'Armata rossa che li fotografano. Lei invece, professore, continua ad aspettarsi gli spari che turberanno ancora il minaccioso silenzio delle sue notti insonni, fino al momento benedetto in cui il colonnello Pash spinge la porta di casa sua per dichiararla in arresto, e il moto che la trascina finalmente cessa e, anche se sa che dovrà di nuovo lasciare sua moglie e i suoi figli, che piangono rimproverandola di non mantenere mai la promessa di restare con loro, accoglie la notizia con un sorriso pieno di gratitudine e sollievo, perché ormai la guerra è finita, può riposarsi, può respirare liberamente e salutare il ritorno del sole i cui raggi fanno scintillare la neve sulle montagne che si specchiano nel Walchensee, e ha un tale desiderio di condividere con qualcuno la gioia di sentire di nuovo la presenza della bellezza che non può fare a meno di girarsi verso il militare americano in piedi accanto a lei, uno sconosciuto che da mesi cammina senza sosta nell'ombra della morte, per porgli come a un ospite, con voce vibrante di speranza, una domanda inaudita, incosciente o semplicemente candida, non lo so, che stranamente ho l'impressione sia rivolta a me.

Guardi, la prego, e mi dica: come trova il nostro lago e le nostre montagne?

ENERGIA

Nel maggio del 1945 Samuel Goudsmit, consulente scientifico dell'operazione Alsos, si reca a Heidelberg per incontrare Werner Heisenberg, il quale risponde a tutte le sue domande con una sollecitudine resa ancora più calorosa dal fatto che non ha la sensazione di subire un interrogatorio, ma di riprendere, dopo sei anni di infausta interruzione, una conversazione amichevole sotto i portici fioriti di un'Atene spirituale che naturalmente non esiste più. Dopo aver generosamente offerto a Goudsmit di far approfittare i colleghi americani della propria esperienza condividendo i risultati delle ricerche sulla messa a punto del reattore nucleare, che continua a non funzionare, gli chiede se anche negli Stati Uniti ci si stia interessando alla questione.

Samuel Goudsmit, impassibile, risponde: «No».

Werner Heisenberg ci crede.

Il 16 luglio 1945, alla vigilia della conferenza di Potsdam, una cupola di fuoco con una nube purpurea trasparente che le fa da aureola irradia il cielo del Nuovo Messico scavando nella sabbia del deserto un cratere di vetro e smeraldi frantumati. Robert Oppenheimer, con quella tendenza al misticismo condivisa più o meno da tutti coloro che hanno avuto a che fare con l'atomo, evoca in termini poetici, divenuti troppo famosi, l'ebbrezza della dismisura che si impadronisce degli uomini quando diventano dèi.

Strappandolo alla sua meditazione sulla morte, il tempo e la maestà di Vishnu, il responsabile del test Trinity riassume la situazione con una breve frase che purtroppo sacrifica misticismo e poesia sull'altare di una vigorosa chiarezza:

«Ora, Robert, siamo tutti dei figli di puttana».

Il 6 agosto 1945 tutte le comunicazioni con Hiroshima si interrompono apparentemente senza motivo.

Non sono state segnalate squadre di bombardieri.

Qualche ora dopo, un aereo mandato da Tokyo sorvola un mucchio di rovine fumanti che si estendono a perdita d'occhio. A Los Alamos, Robert Oppenheimer solleva le braccia in segno di vittoria di fronte a un pubblico che l'annuncio rende isterico. Fino all'ultimo ha avuto paura che qualcosa andasse storto. Ha ricordato per la centesima volta ai responsabili militari quali fossero le condizioni climatiche ottimali perché tutta l'energia disponibile venisse utilizzata dall'esplosione, che doveva avvenire alla quota giusta, né troppo alta né troppo bassa. La bomba, però, è andata ben oltre le speranze in essa riposte.

Ha corroso con i suoi raggi la carne di quelli che ha sfiorato, ha precipitato nella notte gli occhi affascinati che da lontano si sono girati senza diffidenza verso quell'incandescenza magnetica come verso la luce amica di una stella, e ha inciso per sempre i motivi scuri dei kimono sulla pelle bianca delle donne. L'onda d'urto ha attraversato la città e fatto vibrare i corpi fino a romperli, spezzando gli organi, abbattendo gli edifici che sono stati inghiottiti in una tempesta di fuoco attizzata dalla violenza di venti sconosciuti, mentre una colonna di calcinacci e cenere veniva aspirata così in alto nel cielo da sporcare le nuvole e far colare sulla fronte dei sopravvissuti pesanti gocce di una pioggia nera e grassa.

La bomba ha fatto conoscenza con le sue vittime, di cui alcune, visto che ha regalato alla morte nuovi volti, appartengono solo a lei. Tra queste ce ne sono certe che più di altre hanno condiviso la sua intimità e colto la singolarità inedita della sua essenza. Naturalmente non si tratta delle vittime che, come tante prima di loro in molte altre città, sono rimaste seppellite sotto le macerie della propria casa o morte negli incendi, né di quelle che hanno visto i propri capelli cadere o la pelle staccarsi a brandelli, né di quelle a cui la parte di corpo esposta ai raggi è bruciata fino all'osso mentre l'altra rimaneva intatta e fresca, e neppure di quelle che il seme radioattivo depositatosi segretamente in loro avrebbe ucciso anni dopo. No: i veri morti della bomba sono spariti senza lasciare la minima traccia di sé, tranne forse una vaga sagoma chiara su un muro carbonizzato, fissata nell'istante della rivelazione. Il cuore di uranio ha pulsato vicinissimo a loro, che hanno comunicato con il fondo delle cose e sono tornati di colpo, senza sforzi inutili o tappe superflue, alla sostanza comune di cui sono composti e che in realtà, come quella sagoma, come il loro ricordo, come loro stessi, non è niente.

In un attacco di pragmatismo leggermente radicale, un generale americano ha subito suggerito di fucilarli. Sebbene la soluzione presentasse l'innegabile vantaggio di una seducente semplicità, l'idea non viene accolta e il 3 luglio 1945, dopo brevi soggiorni in Francia e in Belgio, gli inglesi sistemano nel villino di Farm Hall, sotto la guardia del comandante Rittner che ha l'ordine di tenerli nascosti ma di trattarli da ospiti, dieci scienziati tedeschi che hanno fatto parte delle varie équipe impegnate nel programma nucleare nazista. Questi i loro nomi:

Professor Max VON LAUE
Professor Otto HAHN
Professor Werner HEISENBERG
Professor Walther GERLACH
Dottor Paul HARTECK
Dottor Carl Friedrich VON WEIZSÄCKER
Dottor Karl WIRTZ
Dottor Kurt DIEBNER
Dottor Erich BAGGE
Dottor Horst KORSCHING

In ogni stanza della casa sono stati nascosti microfoni. Gli ospiti hanno dato la parola d'onore che non cercheranno di scappare né di mettersi in contatto con l'esterno.

Tra loro si trovano teorici di fama mondiale e giovani ricercatori. Alcuni hanno allacciato da tempo indissolubili legami d'amicizia. Altri si conoscono appena o si detestano cordialmente. Tranne l'importante eccezione del professor von Laue, che è stato un oppositore prudente ma indomabile, la natura esatta dei loro rapporti con il regime nazista è in attesa di essere chiarita.

Dato che i soldati britannici, insensibili a quelle sottigliezze, si sono categoricamente rifiutati di essere assegnati al loro servizio, a occuparsi del bucato e a preparare loro i pasti più abbondanti che abbiano avuto da sei anni a quella parte sono prigionieri di guerra tedeschi. Benché gli scienziati siano preoccupati per la sorte delle loro famiglie rimaste in Germania e non abbiano idea di quanto durerà la detenzione, apprezzano le insperate comodità offerte dal quadro bucolico di Farm Hall. Per un po' di tempo si sentono quasi in vacanza.

A turno organizzano conferenze su diversi argomenti scientifici.

Passeggiano in giardino. Suonano il piano.

Ingrassano.

La sera del 6 agosto il comandante Rittner si isola al piano superiore con il professor Hahn, gli annuncia che una bomba all'uranio è appena esplosa a Hiroshima e lo vede piegarsi in due, come raggiunto da un unico colpo mortale. Rittner lo sostiene, gli mette in mano un bicchiere di gin e lo aiuta a portarselo alle labbra, poi glielo riempie di nuovo. Con voce irriconoscibile il professor Hahn continua a ripetere di sentirsi colpevole, dice che aveva già pensato di suicidarsi quando il peggio era solo una possibilità, e ora tutto è diventato reale. È circondato da un numero impressionante di morti. È un fatto. Mentre lui è ancora vivo. Il comandante Rittner non ha la crudeltà di fargliela notare. Si accontenta di versargli ancora alcol pronunciando inutili parole di conforto fino a che Hahn si sente abbastanza calmo da scendere in salotto e dare la notizia agli altri ospiti.

Investendo anche loro, l'onda d'urto di Hiroshima suscita una tempesta di reazioni confuse in cui si susseguono e si mischiano incredulità, orrore, sollievo, curiosità, delusione e amarezza. Gli scienziati sono talmente sbalorditi da svelare se stessi molto più profondamente di quanto avrebbero voluto e di quanto in genere consentano le esigenze della cortesia e del pudore. I microfoni registrano la cronaca della battaglia incessante, violenta e incerta che si scatena in loro tra generosità ed egoismo, abnegazione e vanità, umiltà e arroganza, nobiltà d'animo e meschinità.

Sono sollevati di non essere stati loro a costruire la bomba, se ne rallegrano chiassosamente, ma sono anche terribilmente offesi che gli americani ci siano riusciti sfruttando senza vergogna una scoperta tedesca. Invocano ragioni senza preoccuparsi che siano contraddittorie, purché giustifichino lo scacco in maniera onorevole.

Si persuadono di non averla voluta realizzare, ma affermano che se avessero voluto ci sarebbero certamente riusciti, a meno di non fallire ugualmente per mancanza di materie prime o di fiducia nei loro confronti, o perché in pieno sforzo bellico non avrebbero mai ottenuto i mezzi necessari, o perché Hitler, esasperato dalla lentezza dei loro progressi, li avrebbe fatti decapitare, sempre che i servizi segreti britannici non gli avessero risparmiato la fatica incaricandosi di eliminarli appena venuti a conoscenza della natura del loro lavoro.

Vagano per la casa, si appartano in gruppetti febbrili, non riescono a far andare d'accordo i rispettivi ricordi, si accusano l'un l'altro di sabotaggio o danno a intendere, senza preoccuparsi molto di essere coerenti, di aver fatto il possibile perché le loro ricerche non potessero sfociare in applicazioni militari.

Il professor Heisenberg, ritenendo forse che a Heidelberg il dottor Goudsmit non avesse niente di meglio da fare che confidare un segreto di stato a un fisico nemico, è ferito dal fatto che l'altro abbia avuto la faccia tosta di propinargli una così spudorata menzogna. Si sente ridicolo per avergli offerto di condividere le proprie conoscenze, quando è chiaro che in America nessuno ha niente da imparare da lui.

È comunque felice di aver lavorato solo su un reattore.

Si alzano alcune voci per condannare l'utilizzo della bomba. Il dottor von Weizsäcker è scandalizzato. Afferma che è "una follia".

Il professor Heisenberg gli risponde che, al contrario, potrebbe essere considerato come il modo più rapido di far finire la guerra. Poco dopo, tuttavia, parla a sua volta del bombardamento come l'azione "più diabolica che si possa concepire". Fa notare con amarezza che se gli scienziati tedeschi avessero messo a punto e utilizzato un'arma del genere sarebbero stati tutti giustiziati come criminali di guerra.

Il professor Hahn si augura che Niels Bohr non si sia abbassato a partecipare a un progetto tanto mostruoso.

Quando ascolta le registrazioni Goudsmit sente soltanto uomini spregevoli che cercano di speculare sulla propria nullità per trarne un beneficio morale concedendosi il lusso, dall'alto del loro imperdonabile compromesso, di dare lezioni a colleghi che hanno avuto il coraggio di combattere il nazismo. Al comandante Rittner viene a mancare il respiro di fronte alla sfacciataggine di quei tedeschi che si indignano per le decisioni militari degli Alleati. Per un attimo rimpiange di essersi mostrato così benevolo verso il professor Hahn, circondato da molti più morti di quanti tema.

Il dottor Korsching rivolge aspre osservazioni decisamente poco eleganti al professor Gerlach, che sale a piangere in camera sua e a quelli che cercano di consolarlo oppone la caparbietà della propria disperazione. È sicuro che in Germania lo riterranno responsabile di una sconfitta che non ha saputo o voluto evitare e che ha precipitato il paese nel caos. I suoi compatrioti penseranno che merita la morte ignominiosa riservata ai traditori, e lui stesso ne è palesemente convinto.

Appena rimetterà piede sul suolo tedesco qualcuno lo ucciderà.

Saranno tutti uccisi, è sicuro.

Continua a versare lacrime di cui il professor Hahn non capisce il senso. Gli chiede:

«È sconvolto perché non abbiamo fatto noi la bomba all'uranio? Io ringrazio Dio in ginocchio che non l'abbiamo fatta. Oppure è depresso perché gli americani ci sono riusciti prima di noi?».

Ma forse il professor Gerlach non capisce più neanche se stesso. Può solo smarrirsi all'infinito nel dedalo di rimorsi contraddittori in cui nessuno ha voglia di avventurarsi al suo fianco.

Più tardi nella notte il professor Heisenberg ha la lucidità di riconoscere che data la personalità di Hitler il problema morale dello sviluppo della bomba non poteva essere posto negli stessi termini per gli scienziati tedeschi e americani.

Si sforza di consolare il professor Hahn, che a torto si sente particolarmente colpevole. Posto che parlarne sia pertinente, la colpa è di tutti quelli che hanno partecipato allo sviluppo della scienza moderna, vivi e morti. Una scoperta come la fissione nucleare è solo in via accessoria la scoperta di un individuo. Non è un punto d'arrivo, è una tappa, forse più visibile di altre, più spettacolare, ma non più essenziale: ogni tappa è essenziale perché tutte tracciano la figura di un destino che si diverte a parodiare il caso.

Forse la bomba era il destino della fisica, il suo svilimento, il suo trionfo e la sua rovina. E anche un enigma appassionante.

«Come hanno fatto?» si interroga il professor Heisenberg. «Ci sarebbe veramente da vergognarsi se noi, i professori che ci hanno lavorato sopra, non fossimo almeno in grado di capire come hanno fatto».

La disperazione del professor Gerlach sembra essersi placata. Ma la sua curiosità è insaziabile. Confessa a sua volta: «Mi piacerebbe proprio sapere come hanno fatto».

Ancora non ne hanno idea. La loro frustrazione è immensa.

Dopo aver ancora discusso una parte della notte e formulato ogni genere di congetture sono tornati nelle camere, non senza essersi assicurati un'ultima volta, su ingiunzione del professor von Laue, che il professor Hahn non avrebbe cercato di mettere fine ai propri giorni.

Non dormono.

Fino all'alba, a intervalli regolari, i microfoni registrano le grida e i gemiti lamentosi degli ospiti che piangono nella notte.

Impossibile capire di quali ospiti.

Soprattutto è impossibile capirne il perché.

Nello svolgere il suo compito il comandante Rittner non trascura l'umorismo. Ne assapora l'inoffensiva cattiveria.

Il dottor Bagge ha i nervi a pezzi. È preoccupatissimo per la moglie di cui non ha notizie da quando è andato via da Hechingen, dove i soldati francesi delle truppe coloniali, appena entrati in città, hanno cominciato a violentare sistematicamente tutte le donne. Si sfoga con il dottor Diebner. Sa che a casa sua sono alloggiati tre marocchini. Scoppia a piangere. Sgomento, paragona le sue condizioni di prigionia a quelle dei campi di concentramento nazisti, arrivando persino a trovare meno giustificabile la detenzione di Farm Hall, visto che ormai la guerra è finita.

«Non possono farci la stessa cosa adesso».

Minaccia di intraprendere uno sciopero della fame in segno di protesta.

A margine della trascrizione delle registrazioni il comandante Rittner ha scritto fra parentesi la seguente osservazione: "Bagge è decisamente troppo grasso. Una dieta a pane e acqua non gli farebbe male".

Fra gli ospiti, Bagge e Diebner sono i soli a essere stati membri del partito. Temono lo sguardo degli inglesi e soprattutto quello dei colleghi, il loro ingiusto risentimento.

Eppure non sono colpevoli di niente.

Il dottor Bagge sostiene di essere stato iscritto a sua insaputa in seguito a un'infelice iniziativa della madre. Il dottor Diebner sottolinea che, sebbene si sia iscritto di sua volontà, l'ha fatto a prezzo di laceranti sofferenze morali alle quali vorrebbe che fosse dato il giusto valore. Le sue convinzioni politiche sono sempre state agli antipodi del nazismo e del resto non hanno avuto il minimo peso in una scelta a cui si è deciso solo per ricavarne i benefici professionali che in caso di vittoria della Germania sarebbero stati riservati ai membri del partito, quindi nessuno può ragionevolmente serbargli rancore. Neanche per un attimo ha il dubbio che quell'onorevole giustificazione non basti ad assolverlo del tutto.

«Ho aiutato così tanta gente!» sospira.

Tutti, senza eccezioni, tentano in continuazione di scaricare le proprie responsabilità.

Non sapevano niente dell'ampiezza del massacro, e quando l'hanno vagamente sospettato hanno corso seri rischi per opporvisi.

Tutti hanno cercato di aiutare colleghi in pericolo, anche se il più delle volte invano. Ne elencano i nomi agli altri ospiti, che li ascoltano con cortese scetticismo.

Per esempio il professor Heisenberg non è riuscito a salvare dal plotone d'esecuzione Jean Cavaillès, il cui amore per la matematica era talmente affine all'impegno politico che secondo lui la stessa necessità irresistibile e impellente reggeva le inferenze dimostrative e le azioni di resistenza.

Forse, suo malgrado, il comandante Rittner è stanco e nauseato di dover subire ogni giorno il racconto del loro ridicolo eroismo, tanto che il compito di dividere il vero dal falso gli diventa profondamente indifferente.

A settembre viene sostituito dal capitano Brodie, che redige e firma tutti i rapporti.

Non capisco».

Dopo aver gentilmente fornito il chiarimento richiesto, il professor Heisenberg prosegue nella piccola conferenza che tiene a beneficio degli ospiti a proposito della bomba all'uranio, otto giorni dopo che Hiroshima è stata rasa al suolo. Il suo probabile funzionamento è il seguente: i neutroni veloci, contrariamente ai neutroni termici, permettono alla reazione a catena di propagarsi prima che l'aumento della temperatura abbia il tempo di vaporizzare la carica impedendole di esplodere in tutta la sua potenza. L'impiego di un riflettore consente di ridurre sensibilmente la massa critica, rimandando verso il centro della sfera di uranio, dove potranno provocare nuove fissioni, i neutroni che sfuggono dalla sua superficie. Il delicato problema del trasporto può essere risolto separando il materiale fissile in due metà che al momento dello sgancio vanno fatte precipitare una verso l'altra il più velocemente possibile affinché, riunite, raggiungano la massa critica.

Esplodendo, la sfera di uranio incandescente brillerebbe duemila volte più del sole. Si irradierebbe con tale intensità che forse la sua luce inaudita prenderebbe corpo, almeno per un attimo, e spazzerebbe via tutto come una strana folata di vento. Poi la sfera si dilaterebbe, smetterebbe di bruciare, diventerebbe vapore e polvere e si sfilaccerebbe a lungo verso il cielo.

E sarebbe finita.

E il mondo non sarebbe più lo stesso.

Non è più lo stesso.

Forse il professor Hahn chiude brevemente gli occhi e sente di nuovo la presenza dei morti che lo circondano, la loro instancabile devozione.

«Quand'ero piccolo volevo occuparmi di fisica per poter vedere la storia del mondo mentre si faceva» dice il professor von Laue. «Ebbene, mi sono occupato di fisica e ho visto farsi la storia. Potrò dirlo fino alla fine dei miei giorni». Si esprime con l'amarezza tipica di quelli che hanno avuto la misura di quanto costi vedere realizzati i propri desideri.

Cosa significherà d'ora in poi occuparsi di fisica?

Gli ospiti immaginano che gli scienziati, depositari dei segreti della bomba, non avranno altra scelta che assumersi alte responsabilità politiche in una nuova repubblica platonica, prospettiva che suscita in loro indifferenza, bramosia o disgusto.

Nel giardino di Farm Hall regnano già su tutto un popolo di docili chimere.

Il dottor von Weizsäcker preferisce sognare che si dedicherà alla filosofia. Gli altri prevedono con tristezza che verrà loro impedito di continuare a lavorare sull'uranio. A questo sono pronti, ma temono che il divieto si estenda a non occuparsi più di fisica. Hanno soprattutto paura che non li lascino tornare in Germania, dove potrebbero essere tentati di mettersi al servizio dei sovietici, sempre che questi ultimi non li rapiscano per assicurarsi la loro preziosa collaborazione.

Neanche per un attimo dubitano della propria importanza.

Volevano capire, guardare per un istante oltre la spalla di Dio.

Vedevano la bellezza del loro progetto come la più eccelsa concepibile.

Erano arrivati fin dove il linguaggio ha i suoi limiti, avevano esplorato un campo così radicalmente strano che se ne può parlare solo per metafore o con l'astrazione della parola matematica, che in fondo è anch'essa una metafora.

Dovevano continuamente reinventare il significato del termine "capire".

Le conoscenze che veneravano sono servite a mettere a punto un'arma così potente da non essere più un'arma, ma un'immagine sacra dell'apocalisse.

Tutti ne sono stati gli oracoli e gli schiavi.

Quando il professor Heisenberg suggerisce che forse il dottor Goudsmit dell'operazione Alsos potrebbe dar loro una mano, il dottor Wirtz risponde: «Uno come Goudsmit non ci aiuterà mai. Ha perso entrambi i genitori». E il dottor Harteck rincara la dose: «Goudsmit non si scorderà mai che abbiamo assassinato i suoi».

Eppure non è certo stato il dottor Harteck, di cui i rapporti segnalano l'ottimo carattere, ad aver assassinato i genitori del dottor Goudsmit.

Più tardi il dottor Wirtz dice al professor Heisenberg: «Abbiamo fatto cose che non hanno precedenti. Siamo andati in Polonia, e non solo abbiamo ammazzato gli ebrei polacchi, ma per esempio le SS hanno fatto irruzione in una scuola femminile, hanno fatto uscire le ragazze più grandi e le hanno uccise solo perché erano liceali e bisognava eliminare l'intellighenzia. Pensi se fossero venuti a Hechingen, si fossero presentati in un liceo e avessero ucciso tutte le ragazze! Noi abbiamo fatto questo».

Eppure non è stato il dottor Wirtz, che i rapporti descrivono intelligente, egoista e sornione, a far fuori quelle liceali.

È chiaro che nessuno di quegli ospiti ha ucciso qualcuno. Probabilmente non ci hanno mai neanche pensato, tranne forse nelle fantasie tenebrose che sogni e collera rischiarano certe volte di un fuggevole bagliore. Sanno tuttavia di cosa sono tenuti a rispondere collettivamente. Differenze, avversioni o rivalità non possono allontanarli a lungo gli uni dagli altri. Quando citano le uccisioni si servono loro malgrado di un unico pronome personale: noi. Quel *noi* li mantiene uniti in un cerchio d'acciaio. Non hanno ammazzato nessuno, è vero, ma sanno che in qualche modo ognuno di loro ha chiuso la porta della camera a gas sui genitori del dottor Goudsmit. Ognuno di loro ha sparato senza esitazioni a una liceale polacca.

Forse ricordano le parole degli studenti della Rosa Bianca, di cui sentono l'eco: "Ognuno è colpevole, colpevole, colpevole!".

Dicono: «I nostri laghi e le nostre montagne».

Dicono: «Ecco cosa abbiamo fatto».

Ma questo non significa: "Sono i nostri laghi e le nostre montagne. È il nostro crimine".

Quello che invece bisogna intendere è: "Come apparteniamo ai laghi e alle montagne, così apparteniamo al crimine".

Parlano comunque dei rischi che hanno coraggiosamente corso da soli.

Cercano di tornare a essere individui per spezzare il sortilegio dell'enunciazione collettiva.

Forse sentono ancora: "La fine sarà atroce".

I loro sforzi hanno un che di triste e ridicolo.

Hanno delle esigenze.

Sono convinti che sia loro dovuto qualcosa.

Suppongono che gli Alleati non abbiano niente di più urgente da fare che percorrere in lungo e in largo la Germania per distribuire le loro lettere e riportare in Inghilterra le risposte dei loro cari.

Immaginano che i loro tormenti siano importanti.
Vivono in un mondo che non esiste.

Quando la posta tarda diventano nervosi, ostili, vulnerabili. Piangono.

Il professor von Laue impugna trionfalmente la lettera che ha ricevuto dal figlio. Vuole condividere la propria gioia. Quelli che non hanno ricevuto niente lo guardano male rivolgendogli sorrisi acidi, traboccanti di un'invidia nera molto simile all'odio.

Alla fine il dottor Bagge viene a sapere che la moglie non è stata violentata. Per un po' è euforico, tuttavia si affretta a trovare un nuovo motivo di cruccio lamentandosi che sia costretta a cucinare per i francesi.

I problemi del dottor Diebner sono di altro tipo. Con infinite precauzioni il capitano Brodie gli comunica che è stato impossibile consegnare le sue lettere alla moglie perché è sparita senza lasciare recapiti in compagnia di un altro uomo. Il dottor Diebner sembra rassegnarsi al suo nuovo status di cornuto con esemplare stoicismo. Dice di essere felice che qualcuno si prenda cura della moglie. Forse non ha afferrato l'esatto tenore della notizia.

Come sancisce il principio, in un lasso di tempo molto breve l'indeterminazione dell'energia è tale che può conoscere variazioni considerevoli di intensità, tanto da spuntare bruscamente dal nulla. Ma se il tempo si dilata, come a Farm Hall, senza limiti attribuibili, tale energia ritrova invariabilmente la monotonia del suo livello fondamentale, quello più basso.

Tutti si annoiano a morte.

Nel corso di settimane interminabili qualcosa in loro si esaurisce lentamente.

Il professor Heisenberg, a memoria, esegue al pianoforte sonate di Mozart. Nessuno lo ascolta più. Ogni giorno, per ore, il professor Hahn cammina in tondo per il giardino. Calcola la distanza percorsa. Andando dritto avrebbe attraversato il mare. Sarebbe arrivato in Germania da un pezzo.

Certe volte gli ospiti ricevono la visita di fisici britannici. Patrick Blackett. Sir Charles Darwin. Sir Charles Frank. Discutono di problemi teorici con un ardore nuovo, il reattore nucleare, l'acqua pesante, la separazione degli isotopi. Parlano dei loro sogni futuri, del ritorno in Germania, dei laboratori, delle università, di tutto quello che ci sarà da ricostruire. Oltre il giardino di Farm Hall ancora esiste un mondo più vasto di cui percepiscono di nuovo la presenza inebriante. Il professor Gerlach si sente di umore faceto: «Quel che dice sir Charles non è mica stupido!». Tutti si mettono a ridere. Il ricordo dell'inverosimile sfacciataggine di Wolfgang Pauli li riporta per un attimo al paradiso degli anni Venti. Ma naturalmente sir Charles finisce per andarsene e ogni visita agisce come un impatto la cui onda d'urto, moltiplicata dalla noia, si propaga ancora a lungo nel vuoto di Farm Hall provocando brusche turbolenze.

Gli ospiti diventano nervosi, sono pieni di un'energia inutile che spendono in vani conciliaboli.

Improvvisamente sono di nuovo convinti che l'intera comunità scientifica internazionale si preoccupi della loro sorte.

Scrivono lettere interminabili, bisticciano fra loro.

Architettano piani inconcludenti, si perdono in assurdi maneggi perché sono sicuri che il loro comportamento e le loro decisioni possono far evolvere la situazione.

Si sfiniscono a calcolare le probabilità di rivedere un giorno le famiglie e il loro paese, calcoli che riflettono con precisione matematica le fluttuazioni incessanti del loro umore mutevole, fiducia e depressione, euforia e disperazione, impazienza, ore immobili dolorosamente illuminate dal ricordo vago di una moglie amorevole o infedele. Temono che prima o poi dimenticheranno la faccia dei figli.

Il professor Heisenberg ha messo su un piccolo numero che ripropone in continuazione. Appena gli ospiti restano troppo a lungo senza notizie della famiglia o ritengono all'improvviso di aver bisogno di risposte immediate alle domande che si pongono sul proprio futuro o sulla durata della detenzione, il professor Heisenberg si presenta nell'ufficio del capitano Brodie minacciandolo seriamente di rimangiarsi la parola data e segnalare la sua presenza a Cambridge se le loro legittime richieste non verranno prese in considerazione dalle autorità. Dato che la stessa scena si ripete con infinite varianti a intervalli sempre più ravvicinati, il capitano Brodie finisce per avere una certa difficoltà a non scoppiargli a ridere in faccia. Però non lo fa. Essendo tenuto ad assicurare la collaborazione degli ospiti non può correre il rischio di offenderli. E poi il professor Heisenberg gli è molto simpatico. Per giunta è un prigioniero ideale: nell'immenso mattatoio che è diventata l'Europa si sente ancora vincolato dalla parola data, al punto da rendere inutili catene, inferriate e carcerieri. Attribuisce alla parola d'onore un'importanza tale da non avere dubbi sull'efficacia della propria temibile minaccia, anche se ovviamente non produce mai il minimo effetto.

Eppure sono tutti estremamente intelligenti.

Sono penetrati nel santuario del signore di Delfi.

Capiscono cose che per la maggior parte degli uomini rimangono un mistero.

Non capiscono però che non sono più padroni del proprio destino. Non capiscono che nessuno si preoccupa dei loro desideri, né che le loro incessanti rivendicazioni sono inutilmente esasperanti. Non capiscono cosa significa essere vinti, perché in fondo non capiscono nemmeno di aver perso la guerra.

No, non capiscono le cose più semplici.

A novembre il *Daily Telegraph* annuncia che l'Accademia reale svedese delle scienze ha deciso di attribuire il premio Nobel per la chimica dell'anno 1944 al professor Hahn, per aver scoperto la fissione nucleare. Gli ospiti organizzano un pranzo di festeggiamento a cui invitano il capitano Brodie. Cantano a squarciagola le parole di una filastrocca umoristica in cui, in un improbabile miscuglio di inglese e tedesco, il professor Hahn viene scherzosamente accusato di essere il responsabile di tutti i mali della terra e ripetono in coro il ritornello battendo le mani sul tavolo: *E di chi è la colpa? Di Otto Hahn!*

Sono allegri, spensierati e indisciplinati come un gruppo di vecchi studenti.

Il professor Hahn dichiara che se gli daranno il permesso di andare a Stoccolma ha tutte le intenzioni di prendersi con gli amici svedesi una sbronza colossale, all'altezza dell'onore che gli è stato fatto.

Sennonché tutto viene sciupato dall'inopportuna goffaggine del professor von Laue, che non riesce a evitare di citare la signora Edith Hahn nell'elogio vibrante pronunciato all'indirizzo del marito, convocando così senza volere l'amata ombra degli assenti al tavolo del banchetto in cui tutti prendono posto silenziosamente portando con sé profumi dimenticati e la dolcezza lontana del focolare domestico perduto. Il professor Hahn passa istantaneamente dalla gioia alle lacrime. Per non essere da meno anche il professor von Laue si mette a piangere. Stretto tra i due disperati, il capitano Brodie si sforza di mantenere un contegno pieno di dignità per mascherare lo spaventoso imbarazzo in cui lo precipita quella scena penosa. Teme soprattutto che ne vengano contagiati gli altri ospiti che, non volendo lasciarsi scappare l'occasione unica di intristirsi sulle disgrazie comuni, gli infliggerebbero collettivamente lo spettacolo umido e desolante del loro sconforto.

Nei giorni che seguono il professor Hahn aspetta invano la conferma ufficiale del premio Nobel. Sospetta che il capitano Brodie provi un piacere maligno a lasciarlo nell'attesa. Pretende che gli permettano di scrivere a Stoccolma perché l'Accademia reale non si offenda del suo incomprensibile silenzio. Si sente disonorato per sempre. Si agita, urla che non risponde più di niente. Auspica che terribili calamità si abbattano sul Regno Unito. Il professor Heisenberg non riesce a calmarlo.

Poco prima di Natale gli ospiti vengono informati che, dopo i sei mesi di detenzione consentiti dalla legge senza altro motivo che la graziosa volontà di Sua Maestà britannica, torneranno tutti in Germania all'inizio di gennaio del 1946.

Dimenticano pene, rancori e la certezza che talvolta hanno avuto di essere sottoposti gratuitamente, per puro sadismo, a inutili torture morali.

Parlano del soggiorno a Farm Hall come di una deliziosa villeggiatura.

Il dottor von Weizsäcker sostiene, con entusiasmo sospetto, che ci passerebbe volentieri altri sei mesi.

Pensano che sarà più prudente non raccontare in Germania quanto sono stati trattati bene.

Hanno paura di essere accusati di collaborazionismo.

Tuttavia vogliono esprimere la loro gratitudine. A Natale regalano per ricordo al capitano Brodie un album confezionato per l'occasione. Ognuno di loro vi ha scritto le proprie note biografiche lasciando sotto il testo uno spazio vergine su cui incollare la propria fotografia. Non hanno foto, promettono che gliele manderanno in un secondo momento. Non avranno occasione di farlo, e il regalo di Natale del capitano Brodie finirà negli archivi dei servizi segreti britannici.

Sulla copertina qualcuno ha disegnato la villa di Farm Hall a matita, penna e carboncino.

Il professor Hahn ha scritto:

"*All'inizio del 1944 il mio istituto a Dahlem è stato completamente distrutto dalle bombe. Ho trasferito le mie attività a Tailfingen, nel Württemberg, dove sono stato prelevato dai soldati americani il 25 aprile 1945*".

Il dottor von Weizsäcker ha scritto:

"*Più ancora della scienza astratta, a suscitare il mio interesse è il suo significato per lo spirito del tempo e il suo rapporto con filosofia e religione*".

Il professor Heisenberg ha scritto:

"*Io, Werner Karl Heisenberg, sono nato il 5 dicembre 1901 a Würzburg, dove mio padre era professore al liceo e assistente all'università. Nel 1909 mio padre è stato trasferito a Monaco, dove sono cresciuto imparando le lingue, la matematica e la musica. Dal 1920, dopo una breve interruzione come combattente volontario, ho studiato fisica con Sommerfeld. Nello stesso periodo ho preso l'abitudine, in seno al movimento della gioventù, di fare escursioni in tutto il paese e praticare ogni genere di sport. Nel 1924 sono diventato assistente a Göttingen, e durante un soggiorno a Helgoland ho concepito la meccanica quantistica. Nel 1926 e 1927 sono stato lettore a Copenaghen nonché allievo e amico del grande fisico e filosofo Niels Bohr. Dal 1927 al 1941 sono stato professore all'università di Lipsia, in cui ho insegnato fisica atomica a numerosi studenti tedeschi e stranieri. Nel 1929 ho tenuto corsi e conferenze in America, Giappone e India. Dal 1937 ho una famiglia. Durante la guerra, nel 1941, sono stato chiamato all'istituto di fisica Kaiser Wilhelm*".

E probabilmente non c'è più niente da dire.

Accompagnati dal comandante Rittner e dal capitano Brodie, il 3 gennaio 1946 atterrano in Germania in un paesaggio di rovine e detriti in mezzo al quale dovranno ancora vivere per anni e che per il momento fingono di non vedere.

Corrono attraverso le zone occupate verso Amburgo, Göttingen, Bonn o Monaco sotto gli occhi degli eserciti alleati e delle spie sovietiche.

Cercano un luogo in cui sistemarsi.

Elemosinano autorizzazioni che certe volte ottengono solo dopo un'attesa infinita.

Sperano che alla fine qualcosa sorgerà dalle rovine.

Nonostante la goffaggine di Farm Hall tocca a Max von Laue l'onore di pronunciare di fronte a un'assemblea di fisici in lutto l'elogio funebre di Max Planck, di cui è stato allievo e che, dopo aver perso uno dopo l'altro nel corso di una vita troppo lunga la casa, la biblioteca, i manoscritti e tutti i figli, ha finalmente trovato un'isola di stabilità in cui forse dimenticherà di chiedere conto a Dio.

Mentre a Washington, con un gesto di melodrammatica disperazione, Robert Oppenheimer stende le lunghe mani pallide con i palmi aperti e le dita tremanti perché il presidente Truman possa constatare che sono coperte di sangue, Werner Heisenberg vola a Copenaghen dove finirà di imparare la necessità del silenzio. Infatti non riuscirà, come ancora spera, a spiegarsi con Niels Bohr, e dovrà convenire che per la prosecuzione dei loro rapporti è meglio che non parlino più né del loro incontro del 1941 né di cose che riguardano la guerra. Così parlano d'altro. Dei mesoni. Delle aurore boreali. Del futuro.

Non possono comunque dimenticare che Oppenheimer, malgrado la spiacevole tendenza per le formule sentenziose, ha perfettamente ragione: i fisici hanno conosciuto il peccato, un peccato troppo grande per loro.

In un colpo solo sono stati trascinati tutti insieme nella caduta.

E Werner Heisenberg, la cui brillante giovinezza è sparita improvvisamente senza lasciare traccia, forse pensa che tanto tempo prima, alla fine di un'altra guerra, in un'epoca di sconfitta e di rivoluzioni, un vecchio matematico e il suo diabolico cagnetto ne avevano avuto il presentimento misterioso. Il professor Lindemann aveva visto ciò che quel ragazzo timido, che voleva studiare matematica e stava pieno di speranze di fronte alla sua scrivania, portava già in sé senza saperlo.

Un'energia cattiva che irradiava silenziosamente.

I germi del peccato, la sua indelebile sozzura.

La promessa di un destino che parodiava il caso, la cui ineluttabile realizzazione sarebbe stata allo stesso tempo un trionfo, una caduta e una maledizione.

Il professor von Lindemann non poteva che essere colto da orrore sacro e cacciare da casa quel ragazzo in cui Werner Heisenberg forse non si riconosce, ma che tuttavia suscita in lui una nostalgia irresistibile non della giovinezza, ma dell'innocenza perduta.

Tempo

Dal sultanato dell'Oman alle rive del golfo di cui persiani e arabi si disputano ancora l'onore di essere gli eroi eponimi, passando per le sabbie che furono la dimora dei beduini per i quali nessuna bellezza, a parte quella di Dio, superava la bellezza della poesia, probabilmente ci sono ancora uomini che si fanno affascinare dai versi composti da al-Mutanabbi più di mille anni fa:

I cavalli, il deserto e la notte mi conoscono,
E l'arco e la spada, la carta e la penna.

Ma più nessuno può attribuirsene l'incommensurabile orgoglio. Quei versi sono diventati le reliquie mute di un mondo improvvisamente scomparso, un tesoro antico, strano e venerato che riluce ormai di un bagliore incomprensibile nel santuario di un tempio vuoto. In meno di quarant'anni sulla sabbia del deserto, in riva al mare caldo in cui ogni estate si tuffavano miserabili pescatori di perle, il petrolio ha fecondato la terra arida, ha fatto sorgere grattacieli di vetro, marmo e acciaio che svettano sempre più in alto nella fornace polverosa del cielo. Nascosti dietro i finestrini scuri delle macchine di lusso i figli dei beduini, di cui i rari avventurieri britannici avevano tanto ammirato l'altera miseria e che oggi hanno perso pure il ricordo dell'indigenza passata, percorrono indolentemente città immense in cui si incrociano turisti, uomini d'affari, finanzieri, principi, schiavi e puttane. L'antico silenzio vibra del mormorio incessante dei condizionatori d'aria, risuona giorno e notte di tutte le lingue del mondo. La sera il disco pallido del sole scende lentamente su un orizzonte irto di gru e di cartelloni pubblicitari.

Gli alberghi, le aziende, i ristoranti, i negozi allineati nei giganteschi corridoi dei centri commerciali, tutto ciò che esce dalla terra deve ricevere un nome.

Tutto dev'essere trasfigurato dalla menzogna.

Non siamo il signore di Delfi, che non dice e non nega. La nostra parola è meramente umana. Può solo rivelare il mondo in maniera imperfetta o seppellirlo sotto la menzogna, e in quel caso raggiunge la sua perfezione. Conosco bene l'arte dei nomi menzogneri, che è la stessa dei negozianti e dei politici. Al termine di un percorso improbabile che peraltro, lo so, non deve niente al caso, ho finalmente imparato molte cose. Ho imparato a suscitare quell'appetito compulsivo e vano che è diventato per noi la sola figura del desiderio. Ho imparato a far brillare tutto ciò che è vile. Ho imparato a rendere argomenti di vendita tutte le idee. Solo in questo modo gli studi di lettere e filosofia giustificano ancora la loro esistenza, producendo uomini come me che hanno finalmente capito come rendere efficace la propria "creatività".

Posso dire tutto.

Posso anche permettermi di evocare la morte.

La chiamo "eternità" o "eredità". La chiamo "serenità". Quelli che mi ascoltano non ne hanno più paura. Sorridono pensando al tempo che passa – la morte, il distruttore dei mondi – come si pensa a un amico. Comprano prodotti di lusso che si presume sopravvivano a loro, e forse dopotutto così è.

Vede, professore, non c'è proprio niente da fare: in fondo non ho potuto fare altro che allontanarmi sempre più da lei, così come lei, del resto, non ha mai smesso di allontanarsi da se stesso. Io, almeno, non ho mai dovuto rispondere di una vocazione poetica in un mondo in cui, come i versi di al-Mutanabbi, non significa più niente.

"Cos'è che è forte?" chiedeva lei.

Parlava della rosa bianca e del suono misterioso della corda d'argento.

Scriveva che lo scienziato deve essere anche un prete e che c'è un luogo in cui si è sicuri che l'amore di Dio non menta.

Se ne ricorda forse al momento di entrare in una sala immensa dell'università tecnica di Monaco, nel novembre 1953, dove si è recato su invito dell'Accademia bavarese delle belle arti? Un anno prima un isolotto della laguna di Enewetak si è volatilizzato in seguito all'esplosione della prima bomba termonucleare americana. È rimasto solo un cratere sottomarino. Un irraggiamento invisibile, e i pesanti metalli sconosciuti forgiati dalla bomba sprofondano nelle acque del Pacifico. Probabilmente rimpiange l'epoca in cui ci si poteva ancora permettere sorpresa e sgomento. Tutta la faccenda è diventata tristemente prevedibile. Alla lunga le peggiori maledizioni si fanno monotone.

Sulla fotografia che gli inglesi hanno scattato nel giardino di Farm Hall nel 1945 era già così tremendamente invecchiato da far pensare che per lei la guerra fosse durata cent'anni. Ma in quella sala dell'università di Monaco, qualche secondo prima del suo intervento intitolato *L'immagine della natura nella fisica contemporanea*, quando si china verso Ernst Jünger per sussurrargli confidenzialmente qualcosa mentre, seduto qualche fila davanti a lei, Martin Heidegger sorride con aria soddisfatta, stento a riconoscerla. Ha cinquantun anni, e accanto a lei Ernst Jünger sembra quasi un giovanotto. Come è possibile? Eppure per tanto tempo era riuscito a rimanere ostinatamente giovane. La sua giovinezza è scomparsa, e io so che è scomparsa di colpo. La nuova fisica che ha contribuito a fondare quando aveva ancora l'aria di uno spensierato boy-scout ha fatto esplodere tutte le linee continue in una serie spezzata di avvenimenti discreti separati da oscuri baratri. Forse neanche la linea del tempo è stata risparmiata. Una mattina incrociamo nello specchio lo sguardo stupefatto di uno sconosciuto. Lasciamo da qualche parte nella camera di Wilson un'altra goccia di condensazione che illumina brevemente la nebbia. Tracciamo un simulacro di traiettoria, ma sappiamo bene di portare con noi il ricordo di un altro.

Si ricordi, non c'è traiettoria. L'ho imparato da lei.

Probabilmente non c'è neanche successione.

Dopo una frase scambiata con Ernst Jünger un sorriso incredibilmente giovanile le rischiara improvvisamente il viso scavato da quelle rughe profonde di cui già sulle fotografie di quand'era piccolo si poteva intuire l'ombra diffusa. E probabilmente succedeva che il giovane e brillante professore di Lipsia, indistinguibile dai suoi studenti, trasalisse e si curvasse inspiegabilmente intuendo la presenza silenziosa del vecchio che da sempre porta in sé. Si ricorda cosa pensava Einstein quando si lasciava andare alle speculazioni metafisiche? L'universo immenso, ognuna delle nostre vite, i nostri amori minuscoli, tutto è dato una volta per tutte nel blocco compatto di un'inaccessibile eternità che la nostra mente percorre e srotola nella forma successiva di un flusso, come una punta di diamante che segua i solchi di un disco infinito. Se è così, in un certo senso qualcosa della sua giovinezza scomparsa rimane nel momento in cui lascia Ernst Jünger per attraversare la sala strapiena dell'università tecnica di Monaco. Immagino che Martin Heidegger, che il giorno dopo davanti a una folla ancora più indescrivibile pronuncerà la sua conferenza *La questione della tecnica*, la osservi aprirsi la strada verso il palco con sottile condiscendenza. Il pubblico ha invaso tutte le file. Gli studenti di Monaco rifiutano di cedere cortesemente il posto ai visitatori venuti da tutta la Germania federale. Nessuno rispetta le norme di sicurezza. Si fa largo a fatica in una tale atmosfera di fervore intellettuale che potrebbe quasi credere di essere tornato in un'Atene resuscitata, ma sa che non è così.

"Cos'è che è forte?" chiedeva un tempo.

E rispondeva che era il suono quasi impercettibile di una corda d'argento.

A Monaco invece dice:

«La tecnica non appare quasi più come il prodotto di sforzi umani consapevoli tesi ad aumentare il potere materiale, appare semmai come un evento biologico su larga scala durante il quale le strutture interne dell'organismo umano vengono trasportate sempre di più nel mondo che circonda l'uomo. È quindi un processo biologico che per sua natura si trova sottratto al controllo dell'uomo, dato che "anche se l'uomo può fare ciò che vuole, non può volere ciò che vuole"».

Come vede non la abbandono. Le sue parole mi giungono ancora mentre per l'ultima volta sono seduto in un taxi su Sheikh Zayed Road in una sera di settembre del 2009, diretto all'aeroporto. Sotto i lampioni arancioni di un parcheggio alcuni indiani vestiti con orride camice a quadri intrise di sudore litigano giocando a cricket. Il più alto grattacielo del mondo svetta nella notte come la guglia di una cattedrale enorme, anzi no, ha ragione lei, più come una mostruosa pianta carnivora che affonda le radici in profondità nella sabbia del deserto, e la città intera è un organismo gigantesco attraversato dalla forza di una vita nuova, spietata, primitiva che somiglia in tutto e per tutto alla vita che attraversa anche noi, con i suoi bruschi impulsi di crescita, la sua avidità erratica, la sua prodigalità insensata, le sue infezioni, i suoi cancri e il suo marciume. A questa città non manca niente, neanche il sangue, perché è tutta cementata dal sangue di cui si è nutrita e si nutre ancora, sangue indiano, sangue pachistano, sangue del Bangladesh, del Nepal e dello Sri Lanka, sangue anonimo che scorre instancabilmente nelle sue vene d'acciaio e la fa proliferare, indifferente al consenso o alla rivolta degli uomini che rispedisce alla loro solitaria impotenza. L'hanno costruita, ma la città non deve loro niente. E la morte che oggi la minaccia non verrà da loro.

I grattacieli della Marina in costruzione offrono le proprie interiora nude al sole bruciante. Le gru sono immobili da settimane. Gli operai accovacciati aspettano in silenzio salari da fame che non arriveranno e che non potranno spedire a casa e, dall'altra parte del golfo, madri che hanno dimenticato i loro volti li subissano di maledizioni. Il male si è propagato da una piazza finanziaria all'altra, attraverso reti impalpabili, nel gran corpo del mondo fino ad arrivare qui.

Una lenta paralisi si impadronisce degli organi vitali della città, che ansima come una bestia agonizzante. Appena nata, sta già morendo. Mai da nessuna parte il processo cieco della vita e della morte aveva manifestato la sua incontrollabile potenza con una tale purezza, mai si era sviluppato a una così spaventosa velocità. Probabilmente lei non ne sarebbe stupito. Lei sa che in un tempo molto breve un'energia quasi infinita può sgorgare dal nulla e poi tornarci.

Scriveva che esiste un luogo in cui l'amore di Dio non mente.

Ma alla folla silenziosa che la sta ascoltando a Monaco dice che al posto di quell'amore l'uomo incontra ormai soltanto se stesso. Strane escrescenze dei nostri organi hanno inesorabilmente invaso il mondo. L'hanno trasformato. La carne si è fatta vetro e metallo. Lunghi nervi di rame serpeggiano nel buio delle guaine infilate nel cemento. Gli inceneritori digeriscono le tonnellate di rifiuti riversate ogni giorno da file interminabili di camion che attraversano il deserto. I lavoratori sfiancati dalla disidratazione vengono eliminati come tossine. L'occhio arido delle telecamere di sorveglianza non si ferma. Il sangue rimane sangue.

Sulla strada per l'aeroporto l'autista del taxi, giovanissimo, si gira all'improvviso verso di me per dirmi con voce implorante che in quella città tanto grande ha sempre paura.

È arrivato da poco dal Nepal.

Gli manca la famiglia.

Non sapeva che ci si potesse sentire così soli.

Metto le cuffie e ascolto i Depeche Mode a tutto volume, come se avessi vent'anni, guardando sfilare i grattacieli.

L'autista smette di parlare. Niente può salvare dalla solitudine l'uomo che incontra ormai soltanto se stesso. È così. Questo mondo che ci prolunga e ci rispecchia è più terrorizzante, più estraneo e più ostile di quanto non sia mai stata la natura selvaggia, e io non ci posso fare niente.

Scriveva che lo scienziato deve diventare anche un prete.

Ma sapeva da un pezzo che il suo peccato glielo impedisce. Non gli è dato scegliere quello che deve diventare, se un ingegnere, un tecnico o un domestico che risponde servilmente agli ordini sovrani di una voce disumana, come anche noi ci affrettiamo a rispondere dissimulando la nostra debolezza sotto la maschera volgare dell'arroganza. La nostra creatività, le nostre ribellioni, le nostre rumorose irriverenze sono soltanto i sintomi pietosi di una sottomissione senza precedenti. L'isola di Helgoland è lontana, e così la bellezza abbagliante, il castello del principe di Danimarca, la primavera fiorita di Göttingen, la giovinezza e la fede. Ha perso tante cose. Dirà a Elisabeth che è felice di aver dato talvolta un'occhiata oltre la spalla di Dio. Si siederà ancora accanto a Niels Bohr ai piedi dell'Acropoli. Scambierà lettere con Wolfgang Pauli. Ma ciò che la guerra ha rotto non sarà riparato. E le sue controversie con Einstein non interessano più nessuno. Non hanno mai avuto la minima implicazione pratica, il che significa che oggi non valgono assolutamente niente. Non può che ripensarci con malinconia mentre parla al pubblico di Monaco della possibilità di sfuggire al pericolo del processo biologico che ha appena descritto, un pericolo tanto più grande in quanto assume l'aspetto entusiasmante del progresso e a cui io, dall'alto della superiorità che mi conferisce la mia data di nascita, so che non sfuggiremo. Per quanto Heidegger citi Hölderlin con un'enfasi misteriosa trascinando gli studenti in uno scroscio di applausi, non gli sfuggiremo. Il processo continuerà fino al suo termine inconcepibile, sottometterà tutto alla tirannia della sua crescita con un'intransigenza così radicale che niente sarà risparmiato, neanche il santuario a cui il saltellante botolo del professor von Lindemann le ha impedito l'accesso con tanta veemenza un giorno del 1920 perché lei ne minacciava la purezza, e se il vecchio von Lindemann avesse potuto esserne testimone avrebbe dovuto ammettere, disperato, che anche i matematici hanno conosciuto il peccato: bastava che li vedesse, nei loro uffici della City, elaborare algoritmi infallibili che decidono ordini di acquisto e di vendita su tutti i mercati del mondo con una rapidità che la mente umana non può neanche figurarsi.

I mercati però sono crollati, una piazza finanziaria dopo l'altra, fino alle rive del golfo. Gli inventori degli algoritmi tremano di impotenza e di spavento. Presto forse i grattacieli allineati lungo Sheikh Zayed Road, incluso quello più alto del mondo, saranno abbandonati alle sabbie del deserto e il vento porterà fino in Iran l'odore acre della putrefazione metallica. La loro decomposizione sarà molto più lenta della loro nascita. Ancora a lungo mostreranno al mare l'ossatura di mummie corrose dal sale. Forse saranno oggetto di timoroso fascino per uomini che non potranno indovinare il segreto della loro effimera esistenza. Più niente sorgerà dalla terra in attesa di ricevere un nome.

In pochi mesi la mia attività si è ridotta quasi a zero. Il telefono non suona più. Consulto l'e-mail per abitudine. Fra poco non sarò più in grado di pagare i dipendenti né le rate dei prestiti. Presto l'arte della menzogna sarà diventata inutile. Da queste parti non si conoscono altri rimedi al fallimento che la prigione. I ricchi scappano prima, come sto scappando io. Poi toccherà alle tuttofare filippine e alle puttane russe o nigeriane. Gli operai andranno altrove a morire di fame, di sete, di disperazione, di tutte quelle cose di cui muoiono i poveri. Forse rimpiangerò le vetrate del mio salotto affacciato sulla Jumeirah Beach, le slanciate silhouette delle giovani donne in *abaya* alle quali non ho mai potuto rivolgere la parola, i sedili di pelle rossa della mia berlina, i meravigliosi riflessi perlacei della carrozzeria accarezzata ogni settimana, con delicatezza infinita, dalle pelli di camoscio dei pachistani madidi di sudore che lavano le macchine nei parcheggi sotterranei dei centri commerciali. All'aeroporto lascio all'autista del taxi tutto il contante che mi rimane e che non userò più.

Mi prende la mano con effusione.

Sta per mettersi a piangere.

È giovanissimo, avrà diciannove anni.

Mormora parole di benedizione nella sua lingua.

La sua gratitudine mi è più insopportabile del suo odio.

Alla fine è possibile che non rimpiangerò niente. Porto con me solo un bagaglio a mano, come se dovessi fare un breve viaggio d'affari in Europa, ma non è solo una questione di prudenza. A che serve caricarsi di inutili vestigia? Non si può cambiare vita a metà. Gli armadi del mio appartamento sono pieni di vestiti che ho abbandonato senza rimorsi alla muffa perché non sono già più i miei. Nel salottino della prima classe l'hostess dell'accoglienza mi sorride. Ci vedo un delicato omaggio alla fine di questa vita, il bagliore di uno scintillio solitario nella camera a nebbia. Anche questa vita diventerà evanescente, si unirà ai fantasmi di altre vite perse nel limbo tra il possibile e il reale a cui niente la lega. Forse sono stato uno studente puerile e pretenzioso, poi un giovanotto perduto nei meandri di una guerra ridicola che non capiva, ma sono personaggi che per me non significano niente, non mi sento più vicino a loro che al capitano inglese che la riceveva pazientemente nel suo ufficio di Farm Hall prendendosi gioco della sua ingenuità. E molto presto, di sicuro, penserò come si pensa a un sogno a quello straniero che sorridendo beve una coppa di champagne nel salottino della prima classe.

"Cos'è che è forte?" chiedeva lei.

Rispondeva che era la rosa bianca, il suono quasi impercettibile della corda d'argento, e ricordo che allora capivo quel che voleva dire. Pensavo che avesse ragione, e in un certo senso lo penso ancora. Dato che sono stato, come forse anche lei, tante cose che non riconosco e alle quali non devo niente, sono finalmente libero di raggiungerla attraverso le linee spezzate del tempo, come ho tanto desiderato. Non voglio turbare la sua felicità di fronte al mare del Nord, sull'isola di Helgoland, non voglio immischiarmi nelle sue estenuanti discussioni con Niels Bohr, non voglio neanche che a causa mia i suoi occhi orfani si distolgano dalla camera a nebbia in cui la aspetta il principio, no, preferisco starle accanto a Urfeld, nel maggio del 1945, davanti al Walchensee, dopo che il frastuono della guerra è cessato ed è di nuovo possibile sentire il suono cristallino, quasi impercettibile, della corda d'argento.

Ha attraversato in bicicletta ciò che resta della Germania per raggiungere la sua famiglia. Si è imbattuto in SS, bambini, alberi congelati e gente impiccata.

Io sono un soldato americano dell'operazione Alsos.

Non so come mi chiamo. So solo di aver avanzato a lungo nell'ombra della morte, su un continente in rovina che ha smesso da un pezzo di essere il centro del mondo. Ho visto camminare cadaveri. Ho ancora nelle narici l'odore della putrefazione, l'odore della carne, l'odore di carri armati sventrati in una pozza vischiosa di olio e sangue. Ora sono in piedi al suo fianco, di fronte a un lago sconosciuto in cui si tuffano montagne innevate sotto l'azzurro del cielo illuminato da un sole gelido.

Lei per me è soltanto uno studioso nemico i cui lavori rivestono per i nostri servizi segreti un interesse cruciale che probabilmente non capisco.

È seduto accanto a me, sorridente e stanco.

Faccio fatica a credere che abbia solo quarantatré anni.

Non so cosa l'abbia fatta invecchiare così.

E probabilmente non m'importa.

Allora lei si gira verso di me e con incredibile cordialità mi rivolge una domanda inaudita:

Come trova i nostri laghi e le nostre montagne?

Dovrei provare stupore, o collera fredda. Dovrei risponderle brutalmente che non ha il diritto di fare una domanda simile, non lei, non ora, o voltarle le spalle con disprezzo, abbandonarla alla sua incoscienza. Forse reprimerei un gesto violento. Invece mi piego verso di lei e vedo la sua faccia illuminarsi di una fiducia così disarmante che non riesco ad arrabbiarmi.

Lei mi sorride con un sorriso di eterna giovinezza.

Guardo il suo lago e le sue montagne, guardo di nuovo lei, forse sento un suono a lungo coperto dalle urla, dai pianti e dal sibilo delle bombe, un suono lontano e soave, le note di una ciaccona immortale che si sprigionano da un violino solitario che non ha mai taciuto. E capisco che la sua domanda non è né futile né fuori luogo. Come potrei esserle nemico?

Chiede ancora con insistenza:

Guardi, la prego, e mi dica, ha mai visto niente di più bello?

E io, dato che ormai l'ho raggiunta in quel luogo in cui all'amore di Dio è impossibile mentire, le poso una mano sulla spalla e le restituisco il sorriso, poi rispondo:

No.

Oh no, glielo assicuro.

In tutta la vita non ho mai visto niente di più bello.

NOTA DELL'AUTORE

Il materiale storico del presente romanzo è tratto principalmente dall'autobiografia di Werner Heisenberg *Der Teil und das Ganze* (München, 1969) e dalla testimonianza di Elisabeth Heisenberg pubblicata in Francia da Belin nel 1990. Mi sono anche servito dell'opera molto ben documentata di Thomas Powers *Heinsenberg's War: the Secret History of the German Bomb* (New York, 1993).

La terza parte, *energia*, si basa sulle registrazioni effettuate a Farm Hall tra luglio e dicembre del 1945, rese pubbliche nel 1993 e pubblicate in Francia da Flammarion nel 1994 nella traduzione di Vincent Fleury.

Ho trovato in Germania appoggi preziosi.

Vorrei ringraziare Christian Ruzicska per la sua costante disponibilità e Martin Heisenberg, che ha accettato di ricevermi per parlarmi del padre.

La riconoscenza che devo a Cornelia Ruhe, professoressa di letteratura romanza all'università di Mannheim, è incalcolabile. Ha tradotto per me, con instancabile generosità, la corrispondenza di Werner Heisenberg, ancora inedita in Francia. Che accolga questo romanzo come un segno di gratitudine e più ancora di amicizia che, oltre a lei, rivolgo da questa sponda del Reno a Bernd, Oscar e Mathilda.

Nota sull'Autore

Jérôme Ferrari è nato nel 1968 a Parigi. Professore di filosofia e consulente pedagogico, ha insegnato in Algeria, in Corsica e negli Emirati Arabi Uniti. In Italia sono stati pubblicati *Dove ho lasciato l'anima* (Fazi 2012), e presso le nostre edizioni *Il sermone sulla caduta di Roma*, vincitore del Premio Goncourt 2012, *Balco Atlantico* e *Un dio un animale*.

INDICE

Finito di stampare il 4 agosto 2016
presso Arti Grafiche La Moderna - Roma